国当代名家
精品必读散文

忘不了那栋蓝房子

孟久成 著

国人对留学生，特别是对赴美留学生有一种神秘感：
毕业于国内名校，赴美留学的门槛最高，
获取全额奖学金的几率犹如中彩票……

知识出版社

图书在版编目（CIP）数据

忘不了那栋蓝房子/孟久成著. —北京：知识出版社，
2016.3

（中国当代名家精品必读散文）
ISBN 978 - 7 - 5015 - 8993 - 7

Ⅰ. ①忘… Ⅱ. ①孟… Ⅲ. ①散文集—中国—当代
Ⅳ. ①I267

中国版本图书馆 CIP 数据核字（2016）第 040819 号

总 策 划　张海君　李　文
执行策划　马　强
责任编辑　梁嬿曦　马　跃
封面设计　君阅书装

知识出版社出版发行
地　　址　北京市西城区阜成门北大街 17 号
邮政编码　100037
电　　话　010 - 88390732
网　　址　http：//www. ecph. com. cn
印 刷 厂　河北锐文印刷有限公司
开　　本　1/16
印　　张　12
字　　数　180 千
印　　次　2016 年 3 月第 1 版　2018年11月第2次印刷

ISBN 978 - 7 - 5015 - 8993 - 7　定价：28.00 元

会计师事务所里的中国人

王枫，女，1976 年出生于湖北武汉市。1988 年考入武汉外语学校。1994 年保送北京外国语大学英语系学习。1998 年毕业后在北京工作。1999 年赴美国阿克伦大学工商管理学院留学，获工商管理学硕士学位。现在美国一家会计师事务所工作。

在我采访的留学生中，王枫是唯一的文科学子，与那些理工科学生相比，涉猎的知识面更广泛，因此交流起来也更容易一些。

王枫是武汉人，很有南方女子的细腻与温柔，说话慢慢悠悠，细声细气，很是文静。她已经结婚成家，先生也是中国留学生，叫王坚。我们的谈话就在他们新近构筑的"小窝"里进行，这是一幢别墅式的住宅，很漂亮，很宽敞，屋里布置得简捷典雅，看得出女主人的教养与勤快。

一、她提前参加了高考

王枫的父母在国营企业里工作。她小学毕业那年，武汉取消了考试升学制度，改为直升初中，就近入学。但教育资源有限，家长们的眼睛还是死盯着那几所重点中学。取消升学考试的初衷无疑是良好的，其目的是减轻孩子的课业负担，但结果丝毫不会使竞争淡化，只是改变了方式而已，把竞争由孩子转嫁到家庭，家长的压力突然增加，也更加无奈。比如家长会带孩子参加各种艺术班、体育班，因为各种各样的证书会增加孩子进入重点中学的砝码。家长又会托门子找关系，为孩子进入重点校展开一场大战，拼的是家长的背景与实力，往往弄得身心俱疲。更何况由此而给腐败敞开了一扇大门，如制作假证件、行贿受贿，等等。只要不正之风盛行，缺乏刚性指标的竞争就会变得无序而且混乱，更令人痛心的是丧失了应有的公平。

当时唯一可以凭实力、经过考试入学的只剩下武汉外国语学校。这种学校不仅武汉有，其他省份也有，全国共有十来所。

进入这所学校难度非常大，首先是由学生所在的小学根据学生的爱好和成绩推荐。王枫所在的小学有4个班，只推荐了3名学生。然后参加下一轮考试。全市参加考试的学生有8000之众，最后只录取了120名，可见竞争激烈程度。王枫榜上有名，凭的是成绩。她顺利地在1988年进入这所学校，一直到1994年高中毕业，读了6年书。王枫一路顺畅，处处绿灯，高中直读，大学保送，少了许多后顾之忧。应该说王枫是提前参加了高考，小学升初中的考试实际就是高考，怪不得当初那么多小学生趋之若鹜呢！

王枫从初中一年级开始住校，一直住到高中毕业。学校实行封闭式教学，管理很严格，平时不许回家，近乎军事化。所以王枫从小独立性很强，而一般学生是到大学才离开家庭的。

既然称作外语学校，英语课自然占很大比重。这所学校很有特色，教材另起炉灶；师资力量很强，有很多老师留过学，比如教王枫的英语老师，曾在澳大利亚留学，接受过正宗的英语教育，口语很纯正，而且有国外开放式的思维，对学生的影响很大。这个学校从初中二年级开始就有外教上课，这确实得天独厚，外籍教师一般只有大学才能请得起，在中学是很少见的。除了正常教学，学校还特别注重开阔学生的知识面，培养孩子多方面的兴趣和能力，教学方式更是灵活多样，比如让学生排演莎士比亚的英语剧，有情节，有表演，孩子们兴趣很浓，在玩玩乐乐中，达到了教学目的，还培养了学生的表演才能，了解了西方文化，可谓一举多得。重素质轻考试又是这个学校的特色之一，学校从来没有为学生办过各种辅导班，包括暑假补习班之类，所以学生感觉课业并不重，压力也小得多。

王枫之所以压力不大，还缘于升学方式的简化，高中直升、高考保送的比例很大，120 人中保送的就有 70 多人。高三第一学期，北京外国语大学、上海外国语大学、广东外国语大学相继进入这所中学，"轮番轰炸"，网罗人才。招生的方法是先由学校推荐，然后本人参加考试。北京外国语大学第一拨进驻武汉外语学校，王枫一考即中，顺利地被保送到北京外国语大学。

北外是一所名校，为国家培养了大量的外语和外交人才，从这里走出的名人数不胜数。

到大学后，除了学习，她开始做家教、当翻译，口译笔译都做。父母都是工薪族，家境并不宽裕，培养自己不容易，在课外挣些零用钱，可以减轻家庭的负担，这是外语大学的优势。北京外国语大学思想活跃，出国风很盛。进入美国大学的敲门砖——GRE 与托福考试，对一般学生来说简直要扒一层皮，但对英语专业的学生说来，却是小事一桩。在本科毕业时，王枫的 GRE 与托福成绩已经拿到手，而且相当轻松。

毕业后她来到了国内一家著名的大剧院上班，做翻译工作。王枫的具体工作是在每场演出前，把节目单、内容介绍、演员情况翻译成英语，这个工作对她来说相当轻松。这个剧院与国外的文化交流很多，常有国外著名的歌唱家、演奏家和指挥家到来，在排练和演出过程中，由王枫做翻译。

当然剧院没有那么多的外事活动，王枫还要干好多工作，比如做票务、定票价、搞预算、拉广告、跑赞助，但她没有因为这些是"打杂"的活而嫌弃，更没有大材小用之感，干起活来乐在其中，还觉得挺受领导器重，年轻人都要求上进！

这是全国最好的剧院之一。王枫在这里工作，能够亲眼看到剧院整个排练过程，听各种乐器演奏，如小提琴、大提琴，还有管乐，非常美妙，合唱团更是动听，妙不可言，在这里天天都是艺术享受。

但是在学校时坚定的信心没有变，王枫还是要出国。当她提出这个要求时，领导非常恼火地说，我们这里是国家级的单位，从没有听说谁干一年就走的，只有跳进来的，没有跳出去的，坚决不给她签字。有个副院长，有孩子在美国和日本，对出国这类的事比较理解，看得开，同意放行，最后还是由副院长签字放行。临去签证时，领导对她说，如果签证过不去，你也别回来了。她知道这不是玩笑话，而是认真的。但她决心已下，只有往前走了。

其实出国风险很大，签证就是撞大运。很多学生就是这一关未过而前功尽弃，包括一些非常优秀的学生，都只能望洋兴叹。出不了国，很多原有的东西就会失去，比如现有的工作、读研机会，都会在瞬间消失，后悔是没有任何意义的。这需要魄力，需要有冒险精神，也需要见识，当然更不排除运气的成分。

在签证前，王枫对结果并没有十足的把握，如果真的签不过去，后果是可怕的，但是她认了。

赴美留学拿到文科全额奖学金并非易事，连半奖都很难得，这是王枫的运气。

王枫在北京做翻译时，认识了不少人，也结交了一些朋友。其中有一位老先生，出身于大户人家，父辈是东北王张作霖手下的一个官员。1948年他带着仆人车夫到美国留学，可见派头之大。正是解放那两年的事，他家的资产被冻结，仆人车夫只好打发走了。他在美国呆了很多年，曾在克里夫兰做过生意，是个有影响的人物。那次老先生来到北京，住在北京饭店，王枫前去看望，老先生说，好多人为了去美国读书求我写推荐信，你怎么不提，不想出国吗？老先生的话使王枫怦然心动，这与她的想法不谋而合，只是不好意思开口。既然老先生说了，就请他写了推荐信。凑巧的是，老先生有一个美国朋友，曾是一个很有实力的企业家，退休后资助了美国阿克伦大学工商管理学院。王枫本来是学英语的，没有专业背景，只是在当翻译过程中，了解了一些商务上的事情，这封推荐信起了决定性作用，她顺利地被这所学校录取，而且得到了全额奖学金。

二、选好专业为就业铺平了道路

签证没遇到任何困难，王枫顺利地踏上了留美之路。

在美国上学期间，王枫读的是工商管理学硕士（MBA），那两年在国内是大热门。工商管理属于管理学科，所学课程非常宽泛，并无太具体的专业，但她很想学一些专业性比较强的课程，因为她对自己有清醒的估计。攻读这个学位的学生一般已经工作了几年，学习很注重实际工作经验，特别是领导能力。她没有工商管理的经历，更无领导经验，自知毕业后实际操作肯定成问题，在短时间内很难进入角色。经过反复考虑，觉得财务更适合自己，于是在学习之余，她选了一门财务课，这个专业就业机会更多，在毕业前再考下一个会计师资格证，找工作将会有一些优势。

王枫在这所大学读了两年书，拿到了工商管理硕士学位。商务管理本来课程就很重，再加上选修的课程，一年就要同时开5门课，非常的忙。商学院一般都在晚上上课，因为要照顾一些已经工作的学生。有一个学期，从晚上6点上课一直到深夜11点，回到宿舍还要写这门课的报告，而且当天必须完成。有时要写到夜里3点多钟，往往第二天早上8点还有课。那段时间对王枫的体力和精力都是一个不小的考验。

这个专业对英语的要求很高，每门课都要写很多报告，这样就必须有写作能力。同时，还要看大量参考资料，必须有很快的阅读速度，还要经常做口头演讲。幸亏她是英语科班出身，不然很难招架。学校之所以对英语有这么高的要求，就是为了培养学生的能力，使其出了校门就能胜任工作。

选择专业，或者说设计自己的未来，是头等大事，特别是孑身一人到了异国他乡闯世界，需要有清醒的头脑和独立自主的决策能力。王枫在进入美国大学时，已经意识到专业的重要性。她未雨绸缪，在学好规定课程的同时，多学了一套本领，在找工作的时候没有遇到任何困难。毕业那年，她还没有离开学校，就在一个招聘会上找到了比较满意的工作。但有的同学却是无意识，跟着走，随大流，让他读啥就读啥，没有自己的打算；虽然学习努力，成绩优异，但对将来找工作没有太大的实际意义。两种做法带来两种不同的结果，在毕业时就凸显出来。有个学习成绩非常优秀的同学，毕业后一直没有找到工作，待了整整一年时间，只好选学了另一个专业，重新回炉，现在仍然在校学习，耽误不少时间。

三、领教美国的税法与信用机制

王枫从阿克伦大学毕业后，工作面临着两种选择，一个是到会计师事务所，另一个是在公司里做会计，她选择了会计师事务所，觉得这里更适合自己。

会计师事务所的工作分为两大部分，一部分是税务，另一部分是审计。

刚走上工作岗位的时候，王枫感觉工作难度很大，精神压力也不小。会计工作，除了专业知识外，还要和客户打交道。这不仅仅是语言本身的问题，而且涉及东西方的文化差异，需要很长时间才能适应。

美国社会尊重个人隐私权，个人财产状况属于绝对的隐私，即使是夫妻也不一定让对方知道。但有一个人是必须告知的，这就是会计师，你要让会计师理财，必须让会计师了解你的财产详细情况，对你的理财提出建议，怎么花钱、怎么避税。可以说会计师对受理客户的经济状况了如指掌。这就涉及一个问题：客户凭什么信任你，特别是一个外国人，你值得信赖吗？你有这个能力吗？

作为会计师，必须向客户解释，与客户聊天，了解他的心理状态，让他懂得你的业务范围，了解你的工作能力，最终得到他的承认并让他接受你。

参加工作后，她才感到课堂上学到知识的不足，书本知识与实际还有很大距离。只有长期实践，在实际中学，才能掌握真本事。

会计是一个非常注重实际经验的岗位，如果你有多年工作经验，到任何地方都用不着发愁失业，找份工作是很容易的一件事，后来她随丈夫从阿克伦来到辛辛那提，找工作就没有费多大力气。

税务是她工作中重要的一部分，报税的唯一依据就是税法。因此她首要任务就是熟悉税法。但学通税法谈何容易，美国的税法简直是本天书，很难，很深，看一遍不懂，再看一遍还是不懂，看了第三遍仍然不懂。因此心情十分焦躁，为什么弄不懂？是不是自己太笨？那段时间自信心严重受挫。这时她就命令自己：睡觉，睡完觉再读！时间长了，她逐渐摸出了门道，学习税法，要适应它的语式，它的表达方法，比如说某一条某一款如何，然后说除非如何，有什么例外，有时这一条又与另一条相关，学习就要掌握规律，找出窍门。整个税法厚厚的两大本，字很小，美国人读起来都感觉吃力，何况是文化背景完全不同的中国人。

在学习税法过程中，她逐渐明白了美国的三权分立是怎么回事。税法由国会制定，国家税务局收税，会计师事务所做的工作是帮助客户报税。税务局的任务是多收税，但会计师事务所做的努力是千方百计让客户少交税。从某种意义上说，会计师事务所与税务局站在对立的立场上，但税务局与会计师事务所的唯一依据都是税法，都是在解释税法，而且必须在税法允许范围之内，绝对不能与税法相违背。王枫帮助客户充分利用税法，合理避税，维护客户的权益，做出长期规划、近期计划，什么时候花钱、怎样花钱，敏锐而及时地捕捉机会，充分利用税收的优惠条件。

这里要说明的是，避税不是偷税或漏税。避税是一种运行方式，是技巧、是擦边球，也是政府给纳税人的某种优惠，是合法行为；但偷漏税就是犯罪，与避税有本质区别。

税务局定期到公司去查账，审查交税情况。如果客户与税务局有了矛盾或者争议，就要到税务法庭打官司，由会计师事务所代表客户出庭。

值得注意的是，如果出现失误，漏报或者少报税，会计师事务所是要承担法律责任的，所以会计师事务所的责任很重。但前

提是客户必须提供真实信息，比如你收入一万元，事务所就按一万元报税，如果你提供了虚假情况，出现问题就由个人负责了。每年会计师事务所都会发给客户一本很厚的表格，让他逐一填写，收入、支出必须列清，同时还会附一封信，提醒客户提供真实情况，否则后果自负。诚信，这里指的是客户与会计师事务所双方的，诚信在美国已经成为一种习惯、一种修养、一种责任，一种渗入骨髓的道德观念，不诚信是要负法律责任的，而且在这个社会上将无立锥之地，寸步难行。

会计师事务所里的会计必须精通税法，每一部新的税法公布后，都要认真研究，对税收的了解必须比客户要深刻、透彻、超前，才能更充分地利用其中的优惠条件，为客户争得更多的利益，进而得到客户的信任。

王枫当会计的几年间，是美国特殊的一段历史时期。美国经济形势不好，国家经济政策频繁调整。最近四五年，就有 4 次重大的税法变化，这在以往是没有发生过的。国家出台了一些新的税收政策，鼓励小公司发展，给予适当的优惠。

他们代理的客户经常需要购置新设备、厂房，什么时候花钱是有说道的。比如今年想上一个大设备，要花很大一笔钱，客户就会来咨询，什么时候购买最适宜，这就得看税法怎么规定。举个例子说，税法有一条，假如在 2003 年 5 月 5 号以后购置 10 万美元的设备，其中有 5 万美元可以作为成本直接减掉，可以不计税，但如果是 5 月 5 号以前购买的设备，这个限额只有 3 万元。这条政策在 2002 年的年底就出台了，客户不一定知道，但会计师事务所必须清楚，要仔细研究，弄懂吃透。就会建议客户，如果不是非常急需，就应该做出 5 月 5 号以后购置的决策。美国是一个法制健全的国家，逃税是非法的，后果是非常严重的，但你可以充分利用这种优惠政策，少交税，给企业带来最大的利益。

这种关系看似对立，其实是统一的。税收是经济的重要杠杆。国家出台税法，当然要维护国家利益，税款不能流失，但也不能横征暴敛，让企业不堪重负，不能阻碍企业的发展，因为这样最终反而收不到税。最近美国出台的新税法，是鼓励性质的，鼓励企业购买设备材料，多招人，多安排就业，在工资发放方面也给予一些优惠政策。

会计报税经常用到的有两本参考资料。这两本书都非常的厚，而且不断在修改。对税法的解释有 6 本，也是很小的字，很厚的书。会计师必须经常学习研究，否则就会跟不上形势。

会计人员要为客户写出税务报告。报告中必须列举具体的税法条文，这是依据，然后再融进自己的理解。还要把自己的见解具体应用到实际情况当中，看是否可以适用某条税法，最后写成详细的书面材料。几年下来，王枫的感慨颇多，这项工作一是枯燥，二是难度大，尤其是书面交流。中国与美国的文化背景相差很大，一个外国人在美国的会计师事务所工作，必须适应美国的文化，包括适应美国人的思维方式。

会计师事务所的所有工作，必须按照法律条文办理，不可越雷池一步。不能给客户出坏主意，做假账、两套账等等，如果发现事务所有欺诈行为，执照是会被吊销的，这种事情时有发生，比如替安然公司做假账的安达信会计师事务所，如今就面临着灭顶之灾。

在王枫看来，美国过去对税收执法非常严格，不讲情面，但严格有余，灵活性不足。最近上任的税务总局局长更人性化一些，对纳税人更友好，处罚不再那么严苛。

王枫讲了一个退休老人的故事。税法有个规定，鼓励个人交纳退休保险金，以备退休之用。个人每年把 3000 块钱直接存入保险金，这 3000 元受减税优惠。到了退休使用这笔钱就要交税了。王枫的一个客户，把交税的事忘掉了，没按时交税，按规定就要受到处罚，而且罚得不轻。在处理这件事的时候，要写一份报告。王枫首先询问老人，没按时交税是否是事出有因，比如生病了，出国旅游去了？老人说，这些事都没有发生。王枫对老人说，你再好好想一想，还有什么理由。第二天，老人主动打来了电话，说，想了一宿，还是没有理由，就是忘记了。按理说，编造一个理由并不难，但老人没有，一个理由也没找。王枫向税务局起草一份报告，强调老人一向信用记录良好，一直照章纳税，从无逃税前科，这次确实是因为年纪大忘记了，而且他的代理公司没能及时提醒他，老人发现后马上就想补交。老人看了王枫的报告非常满意，也很感激，认为这些理由充分、实在。这笔罚金最终被免掉了。

这件事让王枫很受震动，这个老人真是个诚实的人。按有些中国人的思维，没理由还想编造理由，况且会计师事务所已经提出了几个理由，但老人并不认可，怎么想就怎么说。也许老人并没有认为这是美德，也许他头脑中从来没有编瞎话这根弦，这就是诚信，是一个文明社会运行的基础。

每个发达的社会都是信用社会，美国也是个信用社会，离开信用，社会马上就会陷于瘫痪。信用对人是如此重要，可以说是一个人的第二生命。没有信用，你将在社会上很难生存下去，美国的保险号码是唯一的，所以这个记录会伴随你的一生，不可更变。一旦失去信用，后果十分可怕，而且无法挽回。你办不了信用卡，只能用现金支付。不能贷款，自然也就买不了房，买不了车，买不了大件商品，这意味着在社会中无立锥之地。美国人从16岁开始就可以使用信用卡。有的孩子不懂得珍惜自己的信用和名声，在信用方面出现了恶劣记录，毁了自己一生。

会计师事务所的另一部分工作是审计。事务所去公司查账，审计后做出结论，然后签字。既然签字就要负责，因此必须恪守原则。一旦发现账目有问题，必须让公司说清，若发现造假行为，必须明确指出，并责其改正。如果对方不接受事务所的意见，就不能签字。如果事务所不签字，银行就会怀疑这个公司有问题，也就不给他贷款了。所以审计是公司逾越不过去的环节，是执法的一个重要组成部分。

在美国的会计师事务所的工作人员，从来不接受客户的请客吃饭，即使偶然参加，也是快餐。同客户在工作以外的交往很少，更没有什么拉拉扯扯、乱七八糟的事。谁说了都不算，只有条文、法规说了才算数。

在这个会计师事务所中，王枫做的是基础工作，负有一定的责任，但不是很重；经理的责任就比较重要了，他要审查会计师写出的报告，递送给老板，最后签字。

几年下来，王枫感觉不像刚参加工作时那么吃力了，轻松了许多。工作越来越熟，经验也就越来越丰富。

美国的会计师事务所里的员工各司其职，雁行有序。通常要做到三年才能升为高级会计师，做到六七年可以升为经理，做到十年左右的时间，可以升为主管，再往上就是老板了。老板一律从基层干起，业务是绝对一流的。做到老板这一级，除了业务以外，还要有社交能力。

王枫这个级别的会计，只负责技术、业务上的事情，用不着操心拉客户问题，这不属于她的职责。经理这一层就要找市场了。经理并非人人愿干的肥缺，因为有职务就有责任。有些美国人很有意思，升到一定职位后就不愿再往上升了，不是上级不提拔，而是主动放弃，不愿意要更多的权利，也不要操那么多心，当然也挣不到那么多的钱。

在中国人眼里，美国人的"上进心"没有中国人那么强，只要影响了自己的爱好、志趣，让自己不快乐，就痛快地放弃，不使心为形役。不像我们那样生命不息，奋斗不止，哪有个完呵！

这种观念在美国人里虽不是全部，却相当普遍，我想根源还是美国社会的整体富足，有这个底线保证，就有了经济基础。如果生存环境恶劣，连温饱都两说着的时候，是没有这份轻松与悠闲的。

会计这一行基层的女性很多，但到了上层，女性越来越少。老板就很少有女性。那次公司开会，经理、主管、老板坐了一屋子，只有两个是女的，而且都不是老板。美国女性待在家里的比中国多，美其名曰"全职妈妈"，看孩子比上班合算。

王枫很信赖夫君王坚，如果将来王坚办起了自己的公司，无论是在中国或是美国，她都会毫不犹豫地去给他当会计，帮他理财。

听冯旭讲留学的故事

冯旭，河南人，1976 年出生。在国内读完硕士后，
曾在北京工作了一段时间，2002 年赴辛辛那提大学电子
工程系攻读硕士，现在美国西海岸一家公司工作。

在辛辛那提大学的中国留学生中，冯旭是我认识最早的一
位。我们相识是在北京机场，当时我送我的孩子去美国。

在北京机场国际候机大厅里到处都是送行的场面：一大群上
了年纪的人簇拥着一个神采飞扬的年轻人，如众星捧月。送孩子
出国留学，每一个家庭都会组成庞大的欢送团，父母、祖父母、
外祖父母，还有七大姑八大姨，这是家庭中的一件大事。

我的孩子早在 7 月份签证前就在网上订了飞机票。机票是团
体的，目的地都是美国辛辛那提市。团体票便宜，还可以结伴而
行，彼此壮胆，彼此有个照应。本来订票者 20 多个，临登机时
只剩下 9 个。那么多人掉了头，原因不明，但签证被卡可能是主
要原因。9 个孩子来自天南海北，只知姓名，并未谋面，大厅里
人来人往，杂乱无章，但这些孩子却很快地集中聚拢到了一起，
难道有什么心灵感应？

时届 9 月，正是国外大学开学时刻，国际航班候机厅里等待
登机的自然以留学生为主。飞往世界各地的留学生很多，他们靠
什么轻而易举地找到了同伴呢？其实区别是显而易见的，这一点
连我都注意到了。最显眼的是每人身边都矗立着硕大无比的箱
子，而且是两个。只有去北美的留学生才会携带如此之大的箱
子，去欧洲带的箱子要小许多。除了大箱以外，还有一个小一些
的拉杆手提箱，一个足有半人高的背包。这是赴美留学生的全部

家当。箱包里装载着他们足够两年生活的物品。穿的有从里到外，从春到冬的衣服；床上铺的有被、褥、床单、枕头；炊具有高压锅、炒勺、菜板、菜刀之类；还有各类小药、书籍，等等。出国必备物品清单都是先行一步的师兄师姐在网上提供的。之所以最大限度地携带物品还是因为中美之间存在的巨大差价，都想尽可能为家庭节约一些银两。他们衣着简朴、随意，不像出国，倒像是去教室上晚自习。这些学生普遍年龄偏大，一般为本科毕业，或者已经拿到了硕士学位，年龄在 22 岁至 25 岁之间。如果工作过一段时间，有的已经年近 30。与大厅里那些小留学生相比，他们的送行团队声势差多了，显得形单影只，像我们这样父母送行，全家出动的并不多见，倒是三两个同学送行的最多。

孩子一眼就认出了自己的同伴，已经有三四个站在大厅一个角落，行李摆了一大片。见面后互通姓名，问好，询问来自哪个城市、所学专业，很是亲热。此行路途漫长，中间两次转机，二十几个小时的航程等待着他们。到了美国以后，交情最深的正是这些初识的伙伴。

有个叫冯旭的小伙子给我留下了深刻印象。他身材适中，挺结实，身上的干练与沉稳是其他孩子所不具备的，很自然地成了这个临时拼凑起来的团队的领袖。后来才得知冯旭硕士毕业后已有工作两三年的经历。对于青年学生来说，校门内外是两个截然不同的世界，你不走出校门，永远脱不掉学生气。学生气到底什么样？我说不清，反正一眼就能看得出来。冯旭一边聊天，一边用眼睛余光搜寻后到的同伴，并跑前跑后地张罗着。在出关安检过程中，我们一直站在远处观望，心情紧张，生怕携带物品超重，生怕哪件东西违禁。这些孩子显然没有出过远门，一个个手忙脚乱，满头大汗，只有冯旭一脸镇静，一副胸有成竹的样子。

他第一个托运完行李，轻松地来到我们身边。我们正和一个送行的小伙子闲聊，他还在读研究生，是冯旭的师弟，叫丘绍阳。

两年后我在美国辛辛那提探望孩子的时候，参加了一个农场举办的中秋晚会。晚会上碰到了一个小伙子，觉得面熟，却怎么也想不起在哪里见过。刚到美国那几天孩子不断地向我介绍周围的留学生，生面孔太多，信息量太大，把脑袋搅得乱糟糟的。倒是小伙子一眼认出了我，他说，我们确实见过面，是在北京机场，在送冯旭的时候。我一下子想起来了，对，那天送冯旭的就是他，丘绍阳，没错儿。不过他怎么也到美国了？见我还在发愣，小伙子说，我也到这所大学读书来了，读电子专业，前几天刚报到。还是冯旭的"亲师弟"，这两天就住在冯旭家里。哦！天下竟有这么巧的事！

后来在美国，我陆续见到了在机场碰到的 8 个孩子，一个也不少，样子几乎没有变，一切似乎定格在两年前。

冯旭听到我们到来的消息，当天就跑来了，手里还拎着个大西瓜。见面当然很亲热，也许是我的错觉，这次见到冯旭好像比原来长高了，虽然我知道这个年龄不会再长个儿了；举手投足，仍然很练达，这一点还是没有变。不一会儿，冯旭的爱人刘茵也过来了，这是个很漂亮的姑娘，与冯旭是同乡，在国内是学英语的，也在这所大学读书。

一、冯旭的故事

冯旭的父亲在气象局工作，是天气预报工程师。母亲在市政府计生委上班，父母工作稳定，收入也不低。他们都刚 50 岁出头，年纪不算大，冯旭是独生子。

冯旭读小学五年级时，教育改制，五年制改为六年制。这样就把五年级的学生一分为二，冯旭他们这些成绩好的直接升入初中，差一些的继续读六年级。由于经过一次筛选，所以这是他所在城市历年来学习成绩最好的一届学生。这个优势在高考时凸显出来，冯旭所在高中升学率达到了 94%。这在河南全省也是不多见的。冯旭读的是当地最好的高中，那时没有走后门和高价生一说，全凭学习成绩。高中时代的冯旭，最大的爱好就是看武侠小说，古龙、金庸、梁羽生，能找着的都看遍了，一个暑假就把眼睛从 200 度看到 500 度。

冯旭在国内本科与硕士阶段都是读的电子工程系。信息科学分为两部分,一个是软件,一个是硬件,冯旭学的是硬件,攻读硕士学位用了两年半时间。毕业后在北京参加了工作,去的是一家设计院,在工作中考完了托福和 GRE。他记得考 GRE 非常紧张,总共需要掌握 25000 个单词,很是辛苦。因为他白天要工作,只有"开夜车"了。这一点比不了爱人刘茵。英语是她的本行,只复习了一个多星期,就考了 2000 多分,轻松多了。Offer 是在四五月份来的,接着就去签证。签证倒是很痛快,一次就签过了。

初次踏进辛辛那提大学的大门,冯旭非常兴奋。学校环境优美,像一个大花园。这里楼房厚重、气派,而且风格多样。学校微机房里的电脑显示器全是液晶的,有 19 寸的,至少也是 17 寸的,到处都有电源和网络的插孔,校园内还有无线网络,学生可以免费上网。

初到美国,首先碰到的是语言问题,虽然在国内受过训练,但实用起来差距不小,听中国教授讲课没问题,美国教授就困难一些,最难懂的是印度和其他外裔教授,口音很重,不过几堂课下来就习惯了。对中国留学生说来,语言算不上关卡,不会成为学习和交往的障碍。

冯旭与同行的同学都保持着联系。虽然他们分属不同的专业,好歹是一架飞机拉过来的,有的逢年过节还要聚一下。冯旭对中国留学生群体评价甚高,他说,中国留学生无弱兵,个个都是好样的,聪明过人,学业好,为人也好,工作踏实。这也是美国教授们的共识。这些学生大多毕业于名校,进入名校的学生已经经过小学、初中、高中的层层筛选,都是学习尖子。名校学生在出国时明显占有优势,美国大学很看重中国大学的名气。然而进入名校后并不等于你必然能够出国深造,你还要通过 GRE 和托福考试,才能取得申请的资格,然而这两项考试,尤其是 GRE 考试,简直是一种磨难,让人望而却步。所以说 GRE 考试取得高分的学生无疑都具有一种奋斗拼搏的精神，有很强的上进心，而且备考 GRE 与正课、工作是冲突的，顾此难免失彼。你要在不影响学习、工作的前提下准备考试，所以除了吃苦精神之外还要学会合理调配时间。后面的事情还很多，你要把申请材料寄到美国，接受人家的挑选。去美国留学的门槛很高，而且要申请高额奖学金。人家凭什么给你？这种选择是非常严格的。一般来说，成绩优秀的学生占有很大的优势，但这不是全部，美国大学遴选学生的标准与国内不同。人家看重的不仅仅是硬件，还要看你的全部情况。在国内成绩最优的学生得不到一个 Offer，可是比他学习差很多的人却能得到好几个，这种事屡见不鲜。据说，有些名校名专业，录取名额只有一个，收到的材料却是成百上千。所以人们把得到奖学金叫中大彩，可见难度之大，同时也道出其中的运气成分。然而还有最后一个关口，这就是申请出国签证。应该说，录取的学校好，奖学金高，英语流利，在签证时占有很大优势，然而也不是绝对，这几年，特别是"911 事件"以来，签证形势严峻，拒签率非常的高。获得签证除了条件优异以外，还要有好运气。

所以这里的中国留学生都是一路拼杀过来的，既是优胜者，又是幸运者。

冯旭说，美国的研究生教育历史悠久。与国内大学相比，美国大学的优势在研究生教育上体现得更为明显。博士教育非常严格，所以美国博士含金量很高。博士生毕业后直接就能走上讲台，做博士生导师。这与国内体制不尽相同，国内博士生导师必须首先取得教授资格，博导不光是职业，而且是高于教授的一个职称，或说是一种待遇。在美国，这些年轻的教授更加贴近学生，更了解学生，知道学业哪里有陷阱，学生哪里有困难，讲课更有针对性。他们不太爱总结什么教学法，从不注重形式主义的东西。教学是高屋建瓴式的，学术气氛很浓。现在美国大学的教学是良性循环，教授的水平高，因此受到学生的尊重，薪水也高。这样吸引了更多高级人才去当教授，师资队伍水平越来越高。

有一天晚上，冯旭接到一个电话，是国内一个初中同学打来的，问冯旭在美国过得怎么样。冯旭实情相告。同学说，自己的孩子已经6岁了，冯旭听后。竟有恍若隔世之感。冯旭今年28岁，这个初中同学的年龄也不会超过30岁。早早就娶妻生子，老婆孩子热炕头了。冯旭就读的高中，班里有五六个同学在美国留学，可见这所学校实力不俗。冯旭很感慨，人应该趁年轻的时候到外面闯荡一番，否则只能老守田园。

冯旭学的是电子专业。美国电子专业就业形势不好，这和IT行业是绑在一起的，想想几年前是多么红火。目前国内这个专业就业形势好一些，但也不如前几年了。当前世界经济一体化，一荣俱荣，一损俱损。这两年美国经济有所回升，就业形势也在往好的方向变，因为前一段信息产业萎缩，公司裁了很多人，外裔人员找到工作的机会更少。

冯旭的硕士已经读完。美国的学制比较灵活，没找到工作的时候可以暂不毕业，暂不答辩。工作以后再回来答辩也很正常。

二、丘绍阳的故事

丘绍阳是冯旭的小师弟，比后者低一届。

因为都是河南老乡，学的又是同一个专业，所以他们在国内就成了很好的朋友。冯旭出国的时候，好多事情需要打理，订机票、买出国物品，都得到丘绍阳的热情相助。冯旭上飞机的时候，父母没有去送行，绍阳却去机场送行。

冯旭出国后与丘绍阳一直保持热线联系。丘绍阳毕业是否出国当然是一个重要话题。丘绍阳人生得眉清目秀，文质彬彬，只是性格过于文弱，做事优柔寡断，对于出国或留国内，一直犹豫不决，两边都难割舍，前怕狼后怕虎。这一点与冯旭截然相反，用冯旭的话说，对他经常进行"帮教"，作为老大哥是用不着客气的。毕业后，丘绍阳凭着名校硕士的牌子，再加上电子专业在就业市场十分抢手，很顺利地进入一家外企公司工作，很快就成了业务骨干，年薪已近20万，与爱人在北京买了宽敞的大房子。

但丘绍阳一直对赴美留学的事念念不忘，对冯旭的生活状态十分向往。绍阳天生是一块读书的料，顺利通过了GRE和托福考试，轻松地得到了辛辛那提大学的录取通知和奖学金。

当丘绍阳去美国领事馆签证成功的时候，曾给冯旭打过电话，欢快之情让冯旭深受感染。去辛辛那提机场接站的时候，冯旭仍然兴致未减。

一般留学生刚进入美国的时候都有一个短暂的困难期，主要是吃住问题。但有冯旭这个铁哥们儿做后盾，丘绍阳根本没有无处落脚之忧虑，更无寄人篱下之感觉。冯旭把丘绍阳接到自己家中，让老婆给他做饭，好吃好喝敬着，然后带着他四处找房子。

但冯旭明显地感觉到丘绍阳的情绪不佳，这与一般留学生刚进入美国时的新奇有明显不同。这种情绪的变化应该是从踏进冯旭家门的那一刻开始的，冯旭的爱人刘茵也感觉到了。但丘绍阳性格内向，又好面子，心里有事轻易不说。冯旭不大好问，就处处加着小心，尽量让朋友高兴起来。不过冯旭实在闹不明白，其他留学生都在欢天喜地地布置自己的小家，丘绍阳却没有这份兴致。

后来，也就是一个星期后的一天，已经很晚了，睡梦中的冯旭听到了啜泣声。他清醒过来后，弄清声音是从卫生间里发出的。他竖起耳朵仔细聆听，原来是丘绍阳在给自己的老婆打电话，哭诉在美国生活的凄惨：万万没有料到住房如此之差。冯旭两口子到美国两年了，还住的是一屋一厨。租好的房子条件更差，是三人合租的一个单元，共用一个厨房。还得自己做饭，家具没有，连睡觉的床都没有。没有车，怎么上超市买米买菜？此时此刻，更想念家乡，想念亲人。

冯旭一听，睡意全无，很是恼火，没出息！真想出去揍他一顿，转念一想，人家在国内吃香的喝辣的，对比强烈啊。

第二天，冯旭对丘绍阳进行了一场严肃帮教，态度并非和风细雨，而是连损带挖苦。其实就是臭骂一顿：那么多留学生都挺过来啦，独生子女也不少，哪个不是娇生惯养，你怎么啦，是金枝玉叶？你知道我刚来时候的难处吗？后悔啦，后悔就打铺盖卷回去。

这招很奏效，不知怎么回事，丘绍阳情绪很快就扭转过来了。

我与丘绍阳见面的时候，他已经有说有笑，看得出他的情绪已经很稳定了。对于今后的留学生活，信心还是有的，只是话里话外还是隐隐约约流露出对国内生活的留恋。

应该说，去美国的留学生绝大多数都是平民子弟，正如有部电视剧所说，"都是苦孩子出身"，家境一般或者贫寒，富裕家庭极为少见，来自农村的不在少数。他们选中美国留学与其说是看中这里的教学质量，倒不如说是看中丰厚的奖学金。不少留学生出国的钱都是举债凑齐的。到了美国后首先要还账，甚至还要从奖学金中节省一些寄回国内，供养父母。美国的蓝天白云，绿树碧草，环境肯定好于国内。住房虽然是几人合租，但单间还是有保证的，夏有空调，冬有暖气，感觉好极了。虽然需要自己下厨，但这种简单劳动难不住高智商的孩子。国内大学住宿条件他们一清二楚，多人住一个宿舍，还得登梯爬高，上二层铺，相比之下，知足了。更重要的还是经济独立，这么大年纪再不用向父母伸手，更不必屈辱地接受社会捐助，奖学金足够吃喝，自给自足，略有盈余，心里踏实呵。

但在国内曾经工作过一段时间，而且收入颇丰的留学生就另当别论了。他们是享过一些福，也有一些地位，白领的优越感也是有一些的。如今这些荡然无存，要从头做起。而且年龄偏大，进取心差，适应能力更差。住此寒舍，失落感当然很重。虽然沾点洋荤，却总有受"二茬罪"的感觉。如果有兴趣，可以做以下试验，一只手泡在热水里，另一只手浸在凉水里，然后再同时插入一盆温水，看看感觉如何。

冯旭一言以蔽之，何苦呢，遭这份洋罪！

三、佛罗里达的故事

中国国内有关美国的负面报道不少。经常在电视里或者网上看到，在某处发生了枪击案，或某个中国留学生被杀，中国人被打等等。留学生的父母不放心，就会打来电话，想问个究竟。其实正如人们所说，美国不是天堂，也不是地狱。比如冯旭居住的辛辛那提是黑人比例比较高的城市，种族问题严重。历史上曾发生过激烈的种族冲突与暴乱，这些连国内的人都记忆犹新。辛大留学生居住的街道上，夜晚曾多次发生过多起学生被抢劫的案件。即使 2004 年，刚刚到美国的一位留学生也被抢劫。冯旭说，他出门总得带上二三十美元现金，以防不测，递上那点钱，就可免受一顿老拳。"不过这里劫匪还算有职业道德，只要钱不要命。"冯旭调侃说。但总的看来，这里社会治安还是不错的。

然而美国社会更重要的是人和人之间的友善。走在街上，只要两个人目光相遇，肯定要打个招呼，非常礼貌；过马路的时候，一看见行人，急驶的车辆就会放缓速度，司机会探出头来让行人先过；两人一起进门，肯定会互相谦让，让对方先走，先进去的人会把门拉住，防止反弹；人们买东西，或者等车，总是自动排成一队，而且之间保持一定距离。彬彬有礼，谦谦君子，绅士风度。很难看到乱挤、乱吵，甚至对骂的现象。

有一次冯旭和同学到佛罗里达旅游，去享受美国南部的热带风光：阳光，碧海，蓝天，沙滩。当地正举办一个房产交易会，参加这个交易会就可以享受参观迪士尼乐园、环球影视城等打折门票。冯旭和几个留学生明显是冲着打折门票去的，当然美国的推销员也能看得出来这几个学生模样的人不是来买房子，但并没有因此而另眼看待，仍然非常耐心地为他们讲解，这是出于职业习惯，也是一种教养。

四、看不透的经理

冯旭曾在一个公司实习。公司里有一个大个子美国人，是个部门经理。个子虽然高大，脾气却很温和，对人非常友善。如果有什么困难，不用你张口，他已经替你安排好了。真想不到人高马大的他这样细心，细得有点儿婆婆妈妈的。即使生气，也是笑着跟你说话，从不训斥下级，而是说，你看这样做是不是更好一些。有一次，他拿着几幅油画给冯旭看，画得非常好，冯旭问是谁画的，他说是自己画的。冯旭很是钦佩，没想到他还有这个天赋。这个经理接着说，我是在监狱中画的。冯旭问，你在监狱工作过吗？他说不是，是蹲过监狱。

这让冯旭非常吃惊，他很难把眼前这个人和一个罪犯联系起来。经理说，他18岁的时候曾经入室抢劫，后来被判了6个月监禁。那段时间，他对自己的人生做了彻底反思，还在狱中学习画画，从监狱里出来以后，好像换了一个人。

他19岁时结婚，后又离异，前后生了6个孩子，全都由他抚养。

让冯旭不可思议的是，犯过罪的人，尤其是抢劫罪，变好很难，即使真的转变了，但身上的痞子气仍然留着，可他的身上却是荡然无存。

过去习惯把某个人说成是好人，或者坏人，像京剧里的脸谱，一目了然，看问题绝对化、简单化，其实生活本身很复杂，尤其是在美国这样多元化的社会。

五、梦想当牧师的小伙儿

那是在打工的时候，冯旭碰上一个黑人小青年。这个黑人瞧着就是一个小痞子，无拘无束，我行我素，会跳非常火爆的街头舞，有时也说脏话，但管理有一套，他是个经理。

时间一长，互相熟识了，也就有了交流。有一次聊天，冯旭问他将来想做什么，他说将来要做牧师。这让冯旭非常吃惊。在美国牧师是一个清贫的职业，心地需要平静，说话举止应该循规蹈矩。冯旭见过美国的牧师。这种一身痞子气的人怎么可能当牧师呢？再说，这小伙子精明强干，又擅长管理，将来发大财，出人头地也未可知，可是他怎么选择了这个职业呢？

小伙子又说，现在做买卖挣钱就是为将来当牧师做准备，他要做的另一件事是资助黑人，现在他已经做助理牧师了，可以领着别人祈祷了。

冯旭觉得美国人和中国人的思维方式区别太大了。比如对上进心的理解，在中国看的是实实在在的东西，比如读什么学位、发多少论文、有多少发明、挣多少钱、当多大官；但美国人更注重心灵上的东西，你说他想当牧师，侍奉上帝，算不算上进？这当然与国情有关。基督教是他的兴趣所在，做牧师能给他带来快乐。

冯旭说，有人问他为什么选择了现在的专业。他说，是父母给他选的，为的是将来好找工作。其实他喜欢文学，在念本科的时候，利用节假日就选修过文学课程，整整 3 年，节假日都没休息过，还取得了文学的副学位，但最终没有走上文学这条道路。

冯旭爱人刘茵和他是邻居，出国签证一次就通过了。父亲说，老天真是眷顾你们。现在刘茵在辛辛那提大学商学院读硕士。毕竟是文科出身，散文写得很漂亮，我看过她的几篇作品。她只是因为学业太紧，写得不多。

最近冯旭给我发来了邮件，说已经找了一份不错的工作。在英特尔公司上班。

教授正年轻

王宏声，1968 年生于安徽合肥。1986 年考入中国科学技术大学生物系。1991 年赴美国纽约州立大学石溪分校留学。1996 年获博士学位，继续做博士后，现为辛辛那提大学医学院药理系教授，从事心血管和神经生物研究。

王宏声是我第一个采访的美国终身教授。终身教授的社会地位很高，高在"终身"二字上，在美国，除了教授与法官外，再没有第三种职业享有"终身"待遇。这是出于维护学术自由与司法独立的考虑。在中国留学生的心目中，更是一个梦寐以求的职位。我曾在心里勾勒王教授的模样，却怎么也想象不出来，我不知美国的教授应该是什么样子。

当我见到王教授的时候，情况大出我意料之外，我什么都想到了，只是没有想到他的年龄，王教授这么年轻，恍惚间，我觉得他更像一个在读博士生。

这么年轻！我脱口而出。

不年轻了，36 岁了！他说。

36 岁，还是太年轻了。

无论走到哪里，你都得承认这是个帅哥，1 米 80 左右的个子，身材匀称，眼睛不算太大，但很亮，很有神，也许是在美国生活的时间长了，说话时表情丰富，很生动，富于感染力。这是一个活力四射的年轻人，用句国内时髦的话，就是很青春，很阳光，而且很舒展。只有一路顺畅，没有经受大挫折的人才会有这种风采。也是嘛，这么年轻就当了终身教授，够顺利了。

忘不了那栋蓝房子

wangbuliao na dong lanfangzi

一、幸运少年

王宏声出生在合肥一个知识分子家庭。父母工作忙，刚生下他一个月父母就把他送到山东济南的姥姥家里，姥姥家离一个基督教堂不远，姥爷是山东省最受尊敬的牧师之一，在"文革"时遭了不少罪。

宏声回合肥上了小学、初中、高中。他天分很高，又知道努力，学习成绩一直名列前茅，那年高考分数列合肥市第二，安徽省第三，是个骄人的成绩。

在填报升学志愿时，王宏声没有一点儿主意，全由家长定夺，以他的学习成绩，所有的大学，所有的专业都在向他招手。报什么大学呢？当然是中国科学技术大学！专业呢？颇费了一番心思，他学习不偏科，哪门功课都不错，至于兴趣就不好说了，他没有什么特殊的爱好，他甚至不会给自己提出兴趣与爱好的问题。这让爸爸很犯难，还是听听别人的意见吧！于是爸爸四处打探，最终选择的是生物系。理由很简单，因为当时生物系最热，录取分数最高，最好的学生报最好的专业，最合乎逻辑，顺理成章。

十几岁的少年王宏声生活在一片美丽的花丛之中，一切是如此顺利，走过的路平平展展，前面的路更是一马平川，机会多得是，只要一伸手就会抓到。那是他一生中最爽的时光，无忧无虑，轻松愉快，反正脑子聪明，念书根本不费劲，拿个好成绩不难，自己高兴，家长也高兴就行了。

1991年，也就是大学毕业那年，他遇到了人生第一次选择，毕业后做什么？是读研，还是工作，抑或出国？他最后选择了出国。在中科大，出国是一个潮流，直到现在，学生出国率仍然很高，甚至超过清华和北大。他在科大的那届同学51个，后来有45个在美国，他们曾在芝加哥举行过一次Party，大部分同学都参加了，让他想象不到的是，居然还有教过他的老师到场。

早在1989年，他花了极大的精力准备GRE考试，狂背了一个夏天，考试顺利通过。因为准备出国，他没有找工作，也没有考研，户口只能打回老家。那个时段，一切都是未知的，没有什么保险系数，什么结果都可能出现，出国就得有这种破釜沉舟的勇气。他是幸运的，顺利地拿到了纽约州立大学石溪分校的全额奖学金。接着是交培养费，当时的培养费很高，大概是两三万元吧，对于工薪家庭说来，简直就是天文数字。他清楚地记得，交培养费那天下着倾盆大雨，两万多块钱把军用书包撑得鼓鼓的，他平生从没有见过这么多钱，他在想，假定签证过不去，出国出不成，这些钱就算白花了，这可是二老双亲的血汗呀。可那时，他已经顾不了这么许多了。

二、纽约州立大学石溪分校的高才生

1991 年他踏上了美国的土地。

纽约大学石溪分校是一所名校，诺贝尔奖得主杨振宁曾任这所大学理论物理研究所教授、所长。这是杨教授工作的最后一个岗位。

这所大学位于纽约州长岛的中间偏北地区，就地理位置而言，是非常适合居住的好地方，到曼哈顿坐火车大约一个半小时的车程，而距离著名的小中国城法拉盛只需一小时左右。这里离大海很近，有广阔的海滩。从 1991 年一直到 2002 年，王宏声在纽约整整生活了 11 年。

他清楚地记得第一次来到曼哈顿的情景，一种特殊的异国情调扑面而来，到处是高楼大厦，著名的华尔街确实名不虚传，"墙壁街"当之无愧。街上行走的车，款式并不是很新，给他的印象，远不及上海到处都是玻璃幕墙那样具有现代化气息。纽约是另一种气氛，有一种历史感、沧桑感、沉重感。他特别喜欢纽约冬天的景象，天气很冷，街上冒着蒸气，川流不息的人，来去匆匆，还有黄颜色的出租车驶过，好像在看美国 60 年代出品的电影，古旧，还有些破烂，有一种特殊的情调。

20 世纪 90 年代的中国留学生非常艰苦，奖学金不高，一年不到 1 万美元，只及现在的一半，还得交税，而且纽约的生活费很高。初次踏上异国的土地，一切从零开始。他遭遇的困难，是每一个中国留学生都经历过的，但这个过程实在很难熬。租的房子只是一个空屋，实实在在的家徒四壁，没有床，只有一个床垫子，直接铺在地板上。去餐馆吃饭是不敢奢望的，自己在家里开伙。到超市买东西，没有车，只有靠肩背手提。那时租房并不提供电冰箱，食品很容易腐败变质，买回的鸡腿，每天晚上都要搁在窗台上通风，但还是经常变味，他又想出了办法，每天煮一次，延缓变质过程，然而这终究解决不了根本问题。时间长了，就开始拉肚子，而且变成了慢性病，很长时间才治好。

1992 年宏声的爱人也来到了美国，是持 F2 签证过来的。爱人叫王红，在国内学旅游管理，这个专业在美国就没有什么出路了，两人仔细商量以后，觉得应该继续上学，但究竟学什么，一时难以确定。

爱人来到纽约，不到一个星期就开始打工，先给人家看孩子，每小时 2.5 美元。当爱人挣到第一笔工资后，两人非常快活，觉得应该庆祝一下，于是第一次去了餐馆，吃的是麦当劳快餐，不过用的还是减价券。

王红终于进入大学，一边打工，一边上学，选择的专业是会计，没有任何奖学金，全部是自费。这是一家私立学校，学费很高，每年 15000 美元。1998 年王红学成毕业，很快就找到了工作，在雅诗兰黛，这是一家世界著名的化妆品公司。家里有一个人工作以后，生活质量得到根本的改观。现在回忆那段时光，确实很辛苦，但并非不堪回首，甚至有一种温馨的感觉，两个人合在一起奋斗，生活很有奔头。

1996 年他拿到神经生物专业的博士学位。他实验做得好，学习成绩优异，被公认为历年来最优秀的毕业生之一。英语口语流利，文字功夫更好，连老板都认为其书写能力超过了他这个地道的美国人。

博士后做得更加出色，在世界顶级杂志《科学》上以第一作者身份发表了论文。1998 年开始找工作，顺利地在克里夫兰得到了终身教授职位，这种工作很难找，竞争非常激烈，因为他博士做得好，有交往能力，英文又好，第一次大面试就通过了。这是 1999 年的事。

这年王宏声只有 31 岁。

三、传送带的理念

留学，博士，博士后，直至获得教授职位，奋斗多年，终于熬到一个大站，王宏声应该松一口气了。然而情况并非如此，这反而是他一生中最不确定，也是思想斗争最激烈的一段时间。

当初在争取终身教授职位时，志在必得，有多少博士生在竞争这个职位啊。一旦这个工作到手了，拿到了正式录用信件，丰厚的年薪，还有其他待遇，瞬间全得到了。可就在这一刻，他没有欣喜若狂的感觉，甚至没有一丝高兴，突然觉得无所事事，不知下一步该干什么了，也许当初求之切切的东西真的得到后，反而不那么珍惜了。

王宏声更感兴趣的是法律。学法律是个不错的选择，挣钱相当多，起薪就有十几万，但最重要的是兴趣，而且是过去没有接触过的领域，有一种新奇感，他喜欢接受新鲜事物，喜欢挑战。

在得到教授正式录用通知后，他做出了一个别人很难理解的决定，他选择了放弃，让这个炙手可热的职位擦肩而过。

那段时间，他曾到哥伦比亚大学法学院、哈佛大学法学院听课，还参加了法学院的考试，被康奈尔大学法学院录取。

然而，在经过长时间的摸索、权衡之后，他最终还是放弃了法学，回归了生物本行，这毕竟是自己学了十几年的专业啊。凭他的条件，顺利地被辛辛那提大学聘为终身教授。一旦做出决定，前面一个阶段的彷徨、犹豫已经成为历史，他以全部精力投入到工作中去，并取得了重大成果。

不过，在说起这段人生插曲的时候，他感慨颇多，中国学生的强项在于数理化的基本功，这是举世公认的事实。但在确定一生从事的职业，具体地说就是在报考大学选择专业时却显得十分盲目与随意，或者听任学校与家长的安排。

王宏声提出了"传送带"的理念。

国内的教育体系仿佛是一条传送带，学生就像传送带上的货物。随着传送带的流动，送到哪里算哪里，一切都是按照既定设计，跟着走就是了。作为传送带上的货物，无法自主决定哪站下车，不能改变方向，更不可能逆转，及至终点，才发现这里根本不是自己所要到达的目的地。从事不感兴趣或志趣相反的职业，是人生之大不幸。

当前我们的教育中确实存在着这样的弊病。

小学—初中—高中—大学，最后读到硕士和博士，只要有书念，就一直读下去，人们注重的是学位，学位越高越荣耀，却偏偏忽视了专业的重要性。其实一个人事业的成功与否，和从事的专业关系最大，要分析自己的长处和短处，扬长避短是最起码的常识，但更重要的是兴趣，干自己喜欢的职业与不喜欢、甚至志趣相反的职业，投放的精力肯定大不一样，心情也截然不同。

作为一个学生，不能草率地、不假思索地踏上传送带。因为上了传送带就等于放弃了选择权，只能送到哪儿算哪儿；学生应该搭计程车，方向由自己选择，什么地方下车由你自己决定，这样才能到达你真正想去的地方。

美国人的教育理念与中国人有很大不同，美国人注重孩子兴趣的培养，要使他们快乐，而中国人功利心太强，一是出人头地，二是挣钱多，还要和别人攀比，孩子要考最多的分数，上最好的大学，找最好的工作，挣最多的钱，当最大的官，孩子出息，家长脸上也有光。只是苦了孩子，兴趣爱好全被湮没了，被扼杀了。其实这种思维方式教育出来的孩子，很难有什么爱好、兴趣可言，只能是盲目的、无意识的、随着传送带运转的货物。

人生面临着多次选择，特别是几个重大转折时刻，一定要把握机会，将选择权牢牢地抓在手中，自己决定自己的命运。这是王宏声的肺腑之言。

四、年轻的教授

王宏声2002年3月15日来辛辛那提大学报到。这是一所有着悠久历史的大学，建校于1819年。辛辛那提医学院尤其著名，排名列全美前四十位。他是药理系和神经科学系的教授，其中药理系为全美五强之一。到辛辛那提转眼两年半了，生活已经安定下来，房子买了，地点不错，后院的菜也种上了，爱人随他来到辛辛那提，也找到了工作，是在市中心的一个会计师事务所，做会计师。王宏声慨叹妻子的韧劲，她从合肥工学院毕业，出国后，改了专业，而且跨度很大，边打工边上学，一步一步，艰难但踏实地走了过来，现在工作得心应手，很受上司的器重，只是工作太忙。

他的实验室是完全按照自己的意图建立起来的，学生也招上来了。一切走入正轨，王宏声说，人不管在美国，还是在中国，不管是做医生、做律师、当教授、做老板，没有一项工作是可以轻而易举能够成功的。其实在中国做白领也不容易，竞争很厉害。相比之下，美国教授的自由度比较大，可以自主安排实验室的工作，也很少受到来自其他方面的干扰。他在三年后即被评为终身教授，从理论上讲，即使不工作，也不能解聘，工作非常稳定，用中国话说就是"铁饭碗"。教授的收入在美国不算是最高的，但福利很好，还有其他补贴，加在一起生活是蛮富裕的。

他刚来到学校的时候，两间实验室还是空空荡荡的，而现在两个屋子都摆满了设备，这些设备价值昂贵。美国大学的实验室资金很雄厚，他这个实验室每年就有几十万元的拨款。有意思的是，王宏声喜欢自己动手，有些小设备，是他亲手用午床加工出来的，他有这个兴趣，只要购置的设备不合意，就自己动手，用起来合手，也很实用。他给我看一个很精致的东西，底座带有磁性，形状很特殊，加工难度很大，这是他的得意之作。这门手艺是在读博士学位时跟一个老师傅学的。这种能力，在教授中实在少见。实验的工作有自身的规律性，工作时间不固定，有时一周

40 小时，也有时非常紧张，可能一周要干 70 个小时，家都不能回，要看工作需要。创业阶段更是忙碌，好在如今工作已经步入正轨。现在他带着两个博士生、一个博士后，今后还要继续招生。王宏声在美国留学期间，深得导师的指点，学业长进很大，至今对导师深存感激之情，也知道导师对学生成长的重要作用，所以对自己的学生悉心培养，让他们尽快成材。

王宏声是一个年轻有为的科学家，取得了一系列重大成果，曾获得美国心脏协会"科学家发展奖"和著名的 Grass Fellowship，在国际一流杂志上发表论文数十篇，包括以第一作者身份发表在《科学》上的论文。

在神经科学领域，他于 1998 年在对 M 离子通道的编码基因的问题上获得了突破性进展，解决了这个领域十余年悬而未决的问题。同时，他的工作阐明了人类遗传性癫痫的病理机制，为治疗癫痫病提供了重要依据。

在心脏研究领域，他的实验室成功地发展了在心肌细胞上实施离子通道计算机模拟的尖端手段。他的实验室是全美第一个运用这种技术的实验室，目前正在对致死性心室心律不齐的机理进行研究。

这几年他每年都要回一次国，参加一些会议，和国内同行交流。他到过上海，也去过合肥，返回过母校。他看到国内研究所很舍得花钱，全套设备都是从国外进口的，还从国外引进了不少人才，对科研投资很大，一些研究所和大学实验室条件很先进，做得也相当出色。

对"海归"说来，现在正是好机会，或者回国发展，或者在国外工作，与国内合作。但对于王宏声这样出国时间比较长的留学生来说，回国确实有难度，而且越来越难，他们的生活已经安顿下来，而且已经适应了美国的工作和生活方式，对国内反而不习惯了。国内人际关系复杂，潜规则又多，不如美国这么单纯、直接。

王宏声第一次回国就明显地感觉到，国内情况已经与他出国时候大不一样，有一种新奇的感觉，城市的楼高了，道宽了，人有钱了。但他不大喜欢国内一些朋友的工作与生活方式，疲于奔命，玩命挣钱，坐在一起，谈论的只有一个话题，挣钱！以前干吗，挣多少钱，现在干什么，比以往多多少……除了钱之外好像没什么可说。其实他很希望和朋友坐下来，喝杯清茶，天南海北地神聊，聊人生，聊往事，聊逸事趣闻，可惜大家没有这份雅兴。

他1991年出国，第一次回国是1999年，时隔8年。这些年中国发生了巨大变化。他先到了上海，爸爸妈妈专程到上海机场迎接。坐上长途客车，到合肥已是傍晚了，天完全黑了下来，正下着雨。吃了饭，然后坐出租车回家，周围一切都变了，变得不认识了，他看着街上的灯，雨中的行人，这一切陌生而又熟悉。一种亲切感油然而生，到底是故乡啊！他一直把回国作为以后的选择之一。离开家乡的时间长了，一切都生疏了，合肥已不是记忆中的合肥了，小时玩的那条街没有了，以前住的房子也没了，面目全非，城市变得嘈杂、现代化。

王宏声的父母已经上了年纪，父亲65岁，母亲也过了60。父亲是合肥工业大学的教授，母亲在合肥城市改造指挥部工作，搞房地产、盖楼房的，是高级工程师。母亲曾出公差来过一次美国，在纽约待了一两天。但在最近他们申请来美国探亲时，到领事馆签证两次都没过，很受打击。

对宏声说来，父母的归宿是个大问题，也是很多留学生的一块心病。在家里，宏声兄弟两个，弟弟也在美国，学数学、统计。眼看着父母一天比一天老，挺让人发愁，一直放心不下。他和周围朋友常谈及此事，颇有同感，中国人赡养父母是天经地义的，但他的家在美国，事业在美国，金钱的事好办，但老人更需要感情的抚慰。现在父母身体还好，还能到处去旅游，但总有动不了的一天，需要人照顾。他可以请假，待上一个月，但不是长久之计，解决不了根本问题。美国到北京、上海，每天都有很多航班，每一天都有中国人回国探望病危的父母，这让宏声一直揪心。他在学校工作，时间上比较自由，但如果在公司，假期是论天计算的，不能超假，超了可能会被炒掉，所以回一次国很不容易。接老人到美国来住也不现实，待几个月可以，但是待时间长了老人要憋出病来。而且人越老，越不容易适应外界环境的变化。国内老人到美国，语言不通，电视节目看不了，没有人可以聊天，也没有社区为这些中国老人服务，如果七八十岁才到美国，好像把一棵老树连根拔起，后果可想而知。

五、永恒的中国人

中国人能不能融入美国社会？王宏声的回答是肯定的，但如果只待在中国城，那么一辈子也融入不了美国社会。现在来到美国的中国留学生非常年轻，融入美国社会并不困难。他所在的医学院大楼里，做教授的中国人只有两三个，其他大多是美国人或者欧洲人，他没有觉得与同事交往有什么隔阂。他对周围发生的事情感兴趣，经常看电视、上网、看报纸，对美国的文化、政治，非常了解，这样和美国人就有共同语言、共同话题，可以互相交流。

美国终究是个白人社会，中国人是外来人，不仅从大陆来的第一代移民，就是土生土长的华人仍然被看作是外来人。举个例子，有一个美籍华人，已经是好几代了，在美国长大，在美国受教育，后来去军队服役，当了空军，军衔少校。有一次他穿着美国空军蓝色军装参加晚宴，旁边有个老太太和她搭话。老太太说，你是在中国军队服役吧，她不认军装，只认你这张脸。

王宏声有个朋友，是美籍华人。有一次别人称之为中国人，这个朋友很反感。他说，我是美国人。后来相处时间长了，朋友说了一些心里话，从小时候起，他就不喜欢和周围别的小孩不一样，痛恨学中文，所以现在中文一点儿都不懂，总想把自己弄得和周围的美国人一个样，但长大后慢慢觉得这一切都是徒劳的。自己的根是中国的，这是不可改变的，这时想学一学汉语，学一学唐诗，这是在寻找一种文化与心灵的归属感。任何一个人，他首先属于一个民族，然后才是国籍，国籍是可以改变的，但民族，或者说是种族是不可改变的。但这时为时已晚，他年过三十，学不了中国话，讲起来和美国人一样，声音怪怪的。一心想融入美国社会，变成一个彻头彻尾的美国人。你想与美国人交往，对美国深入了解，不想只待在中国人的圈子里是对的，但"彻头彻尾"肯定是行不通的。美国是一个多元化的社会，是个移民国家，各个族群都以自己的民族为骄傲，而不是想方设法抹去自己的民族特色，比如这里的爱尔兰人、意大利人、南美人，都很看重自己文化的根，作为世界人口最多的中国人更应如此。

要有足够的自信，承认自己的民族，承认自己是中国人，尤其是在教育孩子方面。在美国，他曾见过这样的家长，以自己的孩子不讲中国话为荣，让他们彻底忘掉中国，想把孩子培养成一个真正的美国人。可惜他不是，他走到哪里都是亚洲人的面孔。如果看不清这一点，将来对孩子的成长，会有很大的负面影响，造成一定的人格缺陷。

笔者在美国曾采访过几个领养中国孤儿的家庭，对此有深刻的了解。我见到一对领养了两个孩子的家庭，父亲是第二代华人，已经彻底美国化了，他从小对华人的身份非常反感，对自己的父母也有怨恨，怨恨父母给了他一张中国人的面孔，于是他千方百计想抹掉自己身上中国人的痕迹，包括语言、生活习惯、交际范围。然而随着年龄与阅历的增长，他明白了，这一切是毫无意义的，他无论怎样努力都无法改变身为华人的事实，那么最好的办法就是平静地对待。他后来很注重学习中国的文化，所以能够领养中国的孤儿，正说明感情的回归。他们领养了孩子以后，不断地强化孩子你是中国人，你必须尽可能地保持中国文化传统的意识。他们尽量选择中国邻居，与中国留学生交朋友，把孩子送到中文学校读书。这些家庭经常在中国的传统节日，比如春节、中秋节、端午节时举行聚会，我曾参加过他们的中秋晚会，会上举行了中国传统的祭祖仪式，每个孩子自己点燃一炷香，然后插在一个花盆中。仪式虽简单，但有那么点意思。这些做法是现实的，也是明智的，对孩子的健康成长十分有利。

王宏声很喜欢美国的饮食，他常去西餐馆儿品尝西餐，很喜欢意大利菜，法国的也能适应，对美国的政治也感兴趣，但他从不讳言自己是中国人。他在家门上贴上一个很大的福字，以此告诉邻居，这里住着中国人。

其实不仅中国人，其他亚裔也遇到了同样问题，称作"永恒的外国人"症状。美国是一个白人为主流的社会，亚洲人被看作外来人。有一次，王宏声看了这样一篇报道。记者采访一个准备上伊拉克战场的中国姑娘，之所以说她是中国人是因为她到美国时间不长，刚拿到"绿卡"，还没有入籍，算不上美国人。她对记者说，我将为美国而战，并为此而骄傲。记者问她，如果美国和中国打仗，你帮谁。她毫不犹豫地说，军人的天职就是保卫自己的祖国——美国。姑娘的回答让宏声十分惊诧，这个姑娘有一种非常扭曲的心态，为什么会发生这样的事，哪个教育环节出了问题？实在想不明白。

我在美国，碰上一个人，首先想到他是哪个种族的，是黑人、白人，或是其他族裔，是从哪个国家来的，这是刚踏上美国土地的中国人或是在国内的中国人的正常思维。王宏声来到美国已经十几年了，接触人以美国人居多，还有其他种族的人，他只知道这人是男是女，多大年龄，这人好不好聊天，是不是很有趣，是不是很聪明，至于肤色种族的区别，早已淡化以至消失了。

王教授的研究领域是自然科学，但他喜欢文学，尤其喜欢中国的文言文。每次回国的时候，他都要买一些书带回来，如有关庄子的，还有其他古典文学。只是现在已经很少用中文书写了。他的爱好非常广泛，喜欢现代艺术和设计、酷爱读书、旅游、听音乐会等等，前几年还参加过自行车比赛。但他最钟爱的还是摄影，在办公室里，他打开电脑，给我看照片，那是一张张的风景照片，优美，壮阔无比，无论是构图还是立意，都看出他的艺术功力，每一幅照片都能讲出一段故事，看出他行程的轨迹。这是一个多才多艺的年轻人。

　　我回国后对辛辛那提大学仍然十分关注，特别是关注我采访过的一些教授和留学生。在辛辛那提大学网站上，我看到中国留学生会举办的中秋晚会，很热闹，有舞蹈、合唱，还有模特大赛，意外地见到了王宏声教授的身影，他在大会上做了一个精彩的演讲。我知道，王教授是华人学生学者联谊会（CSSA）的顾问，照片上的他仍然那么充满激情，充满朝气，活力四射！

在中美两国任教的思考

　　柳林，1965 年出生于湖南湘潭。1980 年考入北京大学地理系，1984 年在北京大学遥感所就读研究生，1987 年毕业后留校任教，后到国土资源部工作。1990 年留学美国俄亥俄州立大学地理系。1994 年获博士学位到新奥尔良大学任教。现任辛辛那提大学地理系教授。

　　踏着树丛中厚厚的红色落叶，我来到了坐落在半山坡上的辛辛那提大学地理系大楼。这是一个仲秋的下午，亮丽的阳光漫洒在仍呈碧绿的草坪上，此时校园里荡漾着沉缓古老的钟声——每逢整点这里都会响起钟声，我抬头看了看，正是午后 3 点，辛大尖顶的标志性建筑在蓝色的晴空下格外清晰。

　　在办公室里，我见到了柳林教授。柳林穿着很随意，牛仔裤 T 恤衫，他中等偏高身材，性格沉稳，说话的时候，娓娓道来，听你讲话的时候，总是定定地注视着你的眼睛，表情十分专注。这是个书卷气很浓的学者。

　　采访是从闲聊开始的，他生在湖南湘潭，而且直到读大学才离开家乡，这让我很吃惊，湖南人我认识不少，乡音浓重，很难听懂，但柳林的普通话说得非常好，我甚至以为他是个北方人。柳林说，他在国内的时候很注意学习普通话，会刻意去纠正自己的口音，经常查字典、查拼音，有毛病就及时改正，后来能说标准的普通话了。他的太太是辽宁人。辽宁人讲话有点儿侉，一口宋丹丹腔，但太太非常注意，现在基本没有东北口音。

　　话题就从这里切入。

一、语言的技巧

柳林很看重文科，尤其是语文，这在理工科的学生中并不多见。国内学生中流行过这么一句话：学好数理化，走遍天下都不怕。其实不然，说话、阅读，特别是写作，都离不开语文，这几样功夫学到家了，才能走遍天下。说句玩笑话，数理化再好，只能当技术员，当不了领导，总得给人家打工。语文属形象思维，知识面更宽泛，人文色彩更浓厚，对惯于以逻辑思维方式的理工科学生是一种补充、一种开拓、一种修养。语文在中文里很重要，推而广之，学英语也是同样。

一般说来，中国留学生出国前已经具有了相当高的英语能力，再加上托福和 GRE 的强化训练，来到美国后，在很短时间内就过了语言关，与美国人交流不成问题。但因为是在成年之后来到美国，所以英语说得总不那么地道，带有浓重的口音，与土生土长的美国人相差很大，你听听外国人说中国话的腔调就明白了。

柳林发现，英语中 W 与 V 发音很相似，难以分清，这是口语不纯正的重要原因之一。柳林就跟女儿学，听她怎么说，因为女儿在美国长大。一开始不得要领，总是差那么一点儿，后来终于听出了门道，这是突发的灵感。有一次和邻居聊天时，他把自己的体会和盘托出，讲出了 W 与 V 发音的细微差别，邻居是个美国人，对他的发现很吃惊，连说是这么回事，只是从来没有意识到，从小到大，一直就是这么说的，习惯成自然。就是这点发现，纠正了一个说不准英语的错误，这是主动学习的结果。

柳林出国时考 GRE 和托福都没有遇到困难，没有像别人那样累得死去活来，只是复习了一个月。他心里有底，这与他的特殊经历有关。他在国内曾带过外国代表团，当过翻译，听力与口语早有训练。

那时，他还在北京大学遥感所读研，与国外学术交流很多，那次接待一个孟加拉代表团，学校指定两个学生当翻译，他是其中一个。两个人从来没有跟外国人开口说过英语，更何况当翻译了，心里难免惴惴。代表团在北京参观时，有现成的翻译，两个人没有上场，但柳林细心做笔记，暗中学，看人家怎么翻译。然后他们动身去西安，那个学生怯场了，自觉干不了这份活，主动出局，只有靠柳林一个人了。说实在话，第一次当翻译，他心里确实不托底，非常紧张，但事到临头硬着头皮也得上了。于是他在飞机上翻看笔记，做好翻译的准备。他终于上场了，孟加拉人讲英语很难懂，并非外国人学英语的那种发音，而是一种方言，英语是孟加拉的一种官方语言，孟加拉人的英语说得倒很流利，只是口音很重。好在柳林早有准备，在北京时，他已经一句一词仔细听过了，柳林的翻译准确无误，第一次出场就得了个满堂彩，很称职。任务完成得很完满。在场的人都很吃惊，连孟加拉人都觉得奇怪，在北京没听你讲过英语，怎么在天上飞了那么一会儿长进这么大？他们当然不知柳林这几天是怎么过来的。从此以后，遥感所只要有外事活动，首选必然是柳林，包括后来到国土资源部以后，翻译总是非他莫属。柳林觉得翻译最难的是数字，因为中国数字用万做单位，但英语是用千，翻译过程总涉及数字转换问题，这就不仅是英语的问题了，所以神经紧张，感觉特别累。

这是过来人的切身感受。

二、你究竟喜欢什么

在我采访的几个教授中，柳林是任教的时间最长的一位，因为我把他在国内北京大学任教的时间也计算在内。两个国家的从教经历，其中的差异感强烈，引发的思考也更多。

现在国内教育弊端不少，教育结构太死，缺少灵活性，分数第一，教出的学生都是考试机器，分数很高，但其他方面的训练明显存在缺欠。柳林在美国大学带过不少中国研究生，这种感觉非常明显，他只好把一个大项目分解，分得很细，很具体，然后把每一项任务交给学生。这些学生悟性高，责任心强，也非常刻苦，任务完成得很好。但如果要他们自己拿主意，出谋划策，就会显得束手无策：主动性不足，只能被动地接受；微观可以，宏观不行；有人带领还行，独立工作困难。相对而言，美国学生做具体事不如中国学生那么踏实、有能力，但说起话来，头头是道，遇事有主见，从大处着眼，很有统筹能力。这也许不光是教育的问题，还与文化、价值观有关。

美国教育是开放式的，是从小开始的。比如让小学生设计一个新产品，然后去推销，这种事大人做起来都有困难；从小就训练孩子主动与人交流，在大庭广众中讲话，所以美国孩子很有个性，自信而张扬，不像中国人那么谦虚而内敛。那年，柳林的父亲来美国探亲，觉得孙女儿学习不努力，偷懒，比柳林小时候差远了。况且，在美国长大的孩子心里怎么想，嘴里就怎么说，有时显得不太礼貌，让长辈觉得受了顶撞，心里很不舒服。父亲在国内经常参加市里组织的侨联活动，这些老人聚在一起聊天，对美国这边长大的小孩，连连摇头，没一个说好的，不认可。

柳林的女儿5岁来到美国，现在已经读高中三年级。孩子中文不错，能说，能读，用词的细微差别都能感受出来，看中国电视剧连听带看字幕也没有问题，只是书写稍差一些，与在美国的同龄华人孩子相比，已经很难得了。有些留学生的孩子，到美国比她还晚，现在说中文都不太利落了。这与家庭教育有很大关系，教育孩子要花很大精力，有些留学生因为学习和工作忙，忽略了孩子，发现问题时已经晚了。柳林的女儿中西餐都吃得惯，孩子习惯的养成是潜移默化的，需要一个缓慢过程。孩子在学校学习成绩全是A，但爷爷还是觉得努力不够，这是和国内的孩子相比。这时柳林就会对父亲说，在美国，不是成绩考好了就能读好大学，即使高考得了满分，也不一定被名校录取。美国高考有两种考试，一个叫SAT，一个叫ACT。其中SAT有普通的，还有专门针对学科的，好学校就要考专门的SAT。SAT满分是1600分，但像麻省理工学院、哈佛、普林斯顿等重量级大学，平均成绩只有1400多分，还有的才1300多分。可见他们并非那么注重高分，而是考查综合实力，看你的潜在能力，将来有没有成功的可能性。这种录取方式是考生无法控制、无从准备的，自然不会把考试的作用放大到无限，以至于一张考卷定终身。

那次柳林携太太回国，到亲戚家串门。亲戚家的独生子在一所重点高中读高三，是个学习尖子，北大清华的苗子。孩子的自负、家长的自豪均溢于言表。太太没有顺情说好话，却以美国式的直率说了一句题外话：说说你最喜欢什么？孩子说喜欢做作业。太太又问，假定没有考试，你还喜欢做作业吗？孩子想了半天才说，还喜欢看书，背名人名言。太太接着问，背这些做什么？这回想的时间更长了，最后说：高考作文引用名人名言可以得高分。

说来说去还是考试。

这件事让柳林感触很深，一个简单的问题，竟让堂堂高才生如此为难。可以想见，这个孩子，学习的唯一动力就是考试，确切点说就是高考，这种教育方式培养出来的孩子很可能是现在为读书而读书，将来为工作而工作，无论读书还是工作，都不是出于爱好和兴趣。

国际著名数学家、美国哈佛大学教授、美国科学院院士、中国科学院外籍院士丘成桐针对中国学生在国际奥林匹克数学竞赛中屡获金奖说过这么几句话："数学是做研究，奥数是做题目。获得奥数金奖只能证明考试的能力，而不代表研究的能力，研究的根本是找问题。奥数只训练别人的题目，而不知道去做自己的题目。"

丘成桐教过好几个得过奥数金牌的中国留学生，这些学生的学问太狭窄，有能力考试，没能力思考，甚至都不能毕业。他认为，让孩子去参加奥数班做些题目，作为约束贪玩孩子的一种手段可行，但不能为考试而作强化训练。"国外做奥数的学生都是因喜欢而去做，没有系统的训练。中国现在很多学校应对奥数比赛的训练方法，把学生的好奇心都扼杀了。"这确实是一段精辟的论述。

柳林说，华人在美国大学里做教授的不少，也有出类拔萃的，但从总的层面说来，学术带头人还是西方国家的人更多，做得更好，人家选择某个行业确实出于兴趣。为了工作，可以不管家庭，一天到晚泡在实验室里，不是出于兴趣是绝对做不到的。中国人工作也很努力，但努力与兴趣是两回事。兴趣是科学的原动力，是创造的源泉，然而我国学校及家庭，对孩子的兴趣普遍忽略与漠视，使中国的孩子没有童年、没有乐趣，他们快乐的天性被茫茫的题海淹没了。

柳林的太太读高中以前一直喜爱文学，按她的兴趣不应该读理科，但国内有一种习惯的看法：学习好的读理科，成绩不好的才会去读文科。她也不能免俗，只好选了理科，时间一长，原来的爱好与特长也就淡了，荒疏了，埋没了。

柳林有一些在美国留过学的朋友，回国后再教育孩子时，深受美国教育方式的影响，把培养孩子的兴趣看得很重，一方面抓学习，一方面培养孩子的兴趣。

有个北大的同学，现在国内一所大学当了院长。他有个孩子，才满 10 岁，却说出了这样的话：最恨的就是教育部，是教育部让他们做那么多作业，看那么多书，没有时间做自己喜欢做的事。虽然孩子说的只是气话，但由于他们的父母都出国读过书，意识到了问题的严重性。不过，话是这么说，做起来又是另外一回事，因为国内教育资源不足，大学不多，好大学更少，竞争太激烈，千军万马抢过独木桥。美国大学录取学生，考试成绩固然重要，但不是唯一标准，还要看你有没有其他方面的素质，国内很难想象用这种标准录取学生，没有这种机制，更没有制度保证这种机制的正常运行。没有硬性指标就无法保证公正公平，虽然知道毛病，但没有解决的办法，只能表示遗憾。

柳林性格比较内向，沉静而且随和，但在大事上很有主见，关键的时候敢说敢闯。他从小就很独立，读大学时父亲想管也是鞭长莫及，他会刻意锻炼自己去做一些事情，比如原来不擅长当众讲话，就主动寻找机会去说去讲，这对他后来做教师很有帮助。有人认为这个能力属于天性，其实不然，外界环境、后天影响起着很大作用，比如有个小孩非常爱说话，但一张口就挨家长训斥，时间久了，就会变得沉默寡言，怯懦而缺乏自信，连性格都变了，能言善辩的天赋就被扼杀了。

中国的传统很重视读书，万般皆下品，唯有读书高，读书做官，考状元，升官发财，高考是古代科举制度的延续，读大学，名牌大学，将来找一份好工作。美国与国内情况大不相同，美国当然也重教育，教育事业相当发达。但有很多少数民族，特别是生活在社会底层的群体，对读书并不怎么看重，世世代代就没有读书的，即使有的比较有见识，希望孩子读书，受到良好教育，但心有余而力不足，怎么教育孩子，没有这个经验，周围也不具备读书环境，同学都是爱玩的，学习自然不会好。所以学校的期望值定得太高是脱离现实的。当然这不只是教育本身的问题，还与美国的移民政策、种族问题、就业和生活状况都是紧密连在一起的。

脱离文化背景和社会制度去孤立地考虑教育制度是不现实的，光从理论去谈玄论道也是行不通的。在国内，只要高考指挥棒还在挥舞，一切都得围着它转，减轻学生负担只能是一种美好的理想。

中国的教育现状究竟如何，两位泰斗级的科学家做出了不同的解读，钱学森说："现在中国没有完全发展起来，一个重要原因是没有一所大学能够按照培养科学技术发明创造人才的模式去办学，没有自己独特的创新的东西，老是'冒'不出杰出人才。这是很大的问题。"而杨振宁博士则说："中国大学对社会的贡献非常大，大学造就出来的人才对社会的贡献人们时刻都能感觉到，这一点不容置疑。"两种观点针锋相对，看来对中国教育的评价还要继续争论下去。

三、美国存在歧视吗

柳林经常回国进行学术交流，或者做报告，那年他回到母校湘潭一中，给他的小师弟师妹做报告时，感触很深。现在的学生与他出国时变化很大，无论是从知识面、信息量、开放程度，还是认识问题的深度来看，与他读中学时不可同日而语。

不过一个男同学的提问引起了他的注意，那个同学问：美国为什么那么歧视外国人？你是怎么看的？

如果说，会场上其他同学的提问使柳林振奋，那么，这个同学的提问却使柳林感到惊讶。有句名言，美国是个大熔炉，可以熔化掉移民到美国的各个种族和民族的差异。你随便到哪个城市，哪个街道上走一走，不出 10 分钟，就会发现，各个种族的人都会向你走来。美国是世界上移民最多的国家，相对来说欧洲国家对外国人的接纳程度要差很多。就民族感情而言，美国的民族情绪并没有亚洲人那么强烈。歧视在任何国家、任何社会都会发生，但说到美国就不能一概而论，正像有人说，美国不是天堂，也不是地狱。那么多外国人留在了美国，本身就说明美国社会的包容性。在美国，白人是主流，黑人也有政治势力，很抱团。华人数量少，还没有形成一股有影响的势力，也许以后会有改变。这与华人自身有关，华人大多对政治不感兴趣，对公益事业不热心，不愿意参加与己无关的事情，影响力小，政治上自然没有话语权。要想提升华人在美国的地位，必须从自身做起。柳林希望孩子将来搞政治，因为政治家能够影响国家的发展方向。中国人不是没有见解，只是好空谈，既然对现状感到不平，还不如自己实际去干。这种现象在世界其他国家也同样存在，印尼的华人有财力，但无政治势力，在政治上没有任何地位，不会受到任何政治上的保护，所以政局稍有风吹草动，受到伤害的首先是华人。

如果一个社会集团想在政治上有影响力，就得在平时多关心公益事业，出钱出力，反之，就会被孤立。犹太人在美国很有势力，但不能说明美国人对犹太人看法完全变了，偏见还是有的，莎士比亚笔下的《威尼斯商人》的阴影还在。但犹太人都很有个性，而且非常刻苦，靠劳动致富是无可指摘的。他们占有大量财

富，得诺贝尔奖的人数很多，说明这个民族不简单。

犹太人的成功可借鉴之处很多，其实华人想扩大政治影响并非无能为力，在美国，有些事情花钱是可以办到的，比如占有更多的媒体，发出自己的声音，你可以办报，也可以把报社买下来，这样就有了舆论工具，也可以捐钱给慈善事业，这样你的势力就会壮大。

四、漫漫求学路

柳林1965年出生于湖南湘潭农村。他的家庭组合很有时代特色，母亲是城里人，下乡知青，爸爸是农村人，中学语文老师。柳林生在农村，在农村长到六七岁，就随母亲返城来到湘潭。母亲带着他还有弟弟住在城里，父亲仍在乡下，两地分居了相当长的时间。柳林小学时到处换学校，很不稳定。父亲虽在乡下，但对他的学习实行遥控，抓得很严，这一点柳林记忆犹新，他如果知道哪个星期父亲回家，就必须赶在父亲到来之前，把该做的作业做完，否则父亲是不会放过他的。小学是在湘潭读完的，在念初一的时候，分居了很长时间的父亲终于调到湘潭，在湘潭市第一中学做语文老师，这是湖南的省级重点中学，父亲就是在这所学校毕业的，说起来，爷俩还是校友。在柳林读中学的时间里，最辛苦的是母亲。母亲工作单位离家很远，每天上班至少走两个来回，因为中午还要回家给孩子们做饭，单程就得走四五十分钟，有时吃完晚饭还要加班。父亲一心一意为工作，晚自习一直守在教室里，不太管家。

柳林的人生道路总体顺利，但中间遇到过两次小小的挫折，高考体检时，检查出来有肺炎，通知他不准报考。当时很灰心，很无奈，已经做好第二年再考的准备。那天，似乎冥冥之中有人在引领，他神差鬼使地又来到医院，重新做了一次透视，这次检查没有任何问题。这使他大喜过望，这时离报名截止日期只有一天了。他赶紧跑到招生办，还好，同意报考。

另一次是小时候被疯狗咬过一次，那是六七岁的时候，这只狗一天共咬了 3 个人，前面的一个发病死了，他是中间一个，后一个和他一样，平安无事。当时一家人急坏了，农村医疗条件差，父亲领着他到处打听偏方治疗，没有发病是万幸，都说大难不死必有后福。

1980 年，也就是他 15 岁那年，参加了高考，这让我很吃惊，这个年龄考大学，应该属于少年班。原来柳林小学读了 5 年，中学只读了 4 年就参加了高考。有意思的是大学同班同学中竟有比他还小半岁的，现在这种现象已经很少见了。

在填写报考志愿时，他报了北京大学，专业是数学系。数学只考了 95 分，那年北大在湖南一共招了 6 个数学系的，数学成绩都在 99 分以上。学校征求他的意见，问地理系去不去，他和家人商量，家里当然同意，班主任也赞成，原因不言自明，只要是北大，哪个专业都行。其实柳林并不喜欢地理，他更喜欢工程，特别喜欢动手，后来毕业工作后，回过头来再看，他觉得自己的兴趣还是在工程上，比如修车，家里有什么物件坏了，总是自己动手，感兴趣。

到了北大才知道，这个班只有一个同学自己填报了地理系，其他都是服从分配进来的。这个班的同学非常本分、老实，一个个都认认真真地读书，精读、细读，直到毕业。柳林是个放得开的人，对自己的专业不再感兴趣，主动往别的方向转，包括他本科毕业的论文就是遥感方面的，后来他真转到了这个方向。班里其他同学仍然老老实实地学着本专业，后来这个班的同学出国的非常少，与其他系形成鲜明的对照。

在这里，需要熟悉一下地理这个学科，传统的地理包括自然地理与人文地理，地理信息系统也称为 GIS（Geographic Information System），是近年来出现的，是地理学的一个新的分支。现在的地理学科包括三方面，自然、人文、GIS。GIS 是地理和计算机交叉的学科。

柳林 1984 年毕业，在本校读研究生到 1987 年。毕业后留校了，在北大遥感所里当教师。他工作干得不错，也很喜欢教师这个岗位，只是学校没有房子。柳林和另外两位同事住在一间房子里，这三个人，或者已经结婚，或者有了女朋友，非常不方便。就在这时国土资源部出钱在北大给他租了房子，就把他挖走了。这件事在北大曾引起一场风波，也让他在北大出了名，对青年教师的影响很大，那时人们的观念还没有现在这样开放，人才流动也没有现在这样自由。

对柳林说来，出国是一个重大的选择，他与同事相处融洽，工作也很优秀，当时正在做一个很大的项目，他负责设计一个重要的程序，而且单位还把他内定为后备干部。

但他还是选择了出国之路。

1989年，通过了GRE与托福考试，1990年踏上了留学之路，他来到美国俄亥俄州立大学，俄亥俄州立大学在美国哥伦布市，地理系尤其著名，在全美排前五名。

五、教授生涯

柳林1994年在俄亥俄州立大学毕业，获得博士学位，本想在公司工作，但在1月底的时候，他改变了主意，两个星期内，递了10份申请，有4个学校给了他面试的机会，最后被新奥尔良大学录取。

他来到新奥尔良大学任教，这是个终身教授的职位，对中国留学生来说，是一个相当好的归宿，他在那里干了两年多。

一天，一个在辛辛那提大学当教授的朋友给他打来电话，辛辛那提大学地理系有个老师最近离去，系里缺人，问他是否有意加盟。因为柳林是从这个州出去的，有感情，太太又不太喜欢新奥尔良，而且新奥尔良大学没设博士点，只能带硕士生，因此，他决定到辛辛那提，但条件必须是终身教授职位。在辛辛那提大学，经过讲课、做报告，凭着他出色的表现，辛辛那提大学当即决定聘他为终身教授。那天是1996年的中秋节，他心情不错，这天晚上，天清气朗，月亮特别圆，同事带他到山上，观赏辛辛那提的夜景。

　　新奥尔良大学对他的离去表示理解，因为辛辛那提大学可以加工资，还可以带博士生，新奥尔良大学不可能提供同等条件。应该说，到辛辛那提是往上走了一步，一般人都会成人之美。不过，柳林对新奥尔良大学印象很好，对一块工作的同事也很留恋。

　　辛辛那提大学地理系有终身教授9个，其中两个还没有正式评为终身教授，因为还不到年限，到年限就要评，评不上就等于辞退，对新到任的教授压力很大。评审有严格的标准，论文项目、科研经费、带研究生情况，等等。在这个岗位上，头几年很辛苦，一般在第6年终身教授的职位就要批下来，批不下来就麻烦了，他原来在新奥尔良干了两年，在这边第4个年头就要评定。这看起来是好事，时间缩短了嘛！但也有不利之处，在新岗位上工作时间短，很难有什么作为，如果成绩不足，对系里贡献不大，再和同事关系不睦，留下来的可能性就不大了。这里特别要提到团队精神，这是现代社会必要的一种素质，你只要和社会有联系，就必须和很多人一起合作，工作才能圆满完成，一个人是干不成任何事情的，比如在大学当教授，连学生都带不好，何谈工作成绩？但上一辈的人对团队精神很难理解，柳林的父亲认为团队精神无所谓，只要自己有本事就行，单枪匹马可以走天下。

　　柳林在国内已经做过老师，深谙教学艺术。在讲课时，方式灵活多样，生动活泼。在讲到辛辛那提这个城市的时候，他从历史沿革、地况地貌、风土人情入手，他讲这个城市曾修过运河，也曾修过地铁。特别强调环境保护的重要，辛辛那提的绿化在全美处于前列，作用也相当明显，使上风头的三个火力发电厂的污染降低到可以忽略不计的程度。对于学生，特别是工科背景的学生，一直缺乏人文科学方面的教育与熏陶，感到很新奇。柳林在辛辛那提的时间并不长，对这个城市了解到如此精深程度，是要花费很大精力的。为了加深学生的印象，增加感性认识，他上了一堂别出心裁的课。那天他把学生带出了课堂，像军队一样，做了一次长途"拉练"，由学校徒步走到"down town"（市中心），走一路讲一路，一直登上城市最高的建筑，辛辛那提城市全貌尽收眼底。他们俯瞰流经城市的俄亥俄河，俯瞰市容，也领略了这个城市的绿化程度，森林城市的称号确实当之无愧，到处覆盖着森林，房屋几乎全部掩映在密密匝匝的树丛之中。这些学生登高远望也许不是第一次，但这次肯定不同于以往任何一次，他们对这个城市有了全新的、更深入的理解。

柳林在国内做了5年的软件开发，计算机的底子很好，计算机硕士的课程他全部学过，达到了计算机硕士的水平。这样在授课时就会八面来风、左右逢源，能够从不同的角度，寻找多个切入点，讲起课来很有深度和广度。

柳林在俄亥俄大学读博士的时候，曾主讲过两年世界区域地理，他面对的是100多个学生，每堂课一个小时，每周三堂课。为了讲好每一堂课，他花了很长时间备课，有知识问题，也有语言问题，这需要有很深的理论功底，有些知识从来没有学过，需要查资料，属于现学现卖，第一个学期他大部分时间都用来备课了。柳林虽然在国内也上过讲台，但从来没有用英文讲过课，这个跨度是很大的。后来找工作面试的时候，根本不打怵。其实大学面试无非是讲一两堂课，对他来说是轻车熟路，而如果没有读书时讲课的锻炼，恐怕很难应对。有的求职者准备了很多材料，但没有讲课经验，不懂讲课艺术，照着材料一路念下来，台下一点儿反应都没有。讲课讲的就是沟通、共鸣，眼睛看眼睛，心灵对心灵，做到最大程度的交流，有经验的老师一眼就能看出学生的反应，听懂没听懂，喜欢不喜欢听，这需要时间和经验。

与教大课相比，柳林更喜欢教小课，教几个人的课，因为能够充分地交流，能发现学生的某处不足，教大课没有这种条件。他喜欢老师这个职业，这样总能跟青年人接触，使自己不会轻易变老，保持年轻的心态。况且每个留学生都能带来自己的影响，他们可能来自不同的国家，不同的种族，从他们那里能得到不少东西，这又是一个地理教授最为急需的。

现在柳林已经顺利地被评为终身教授。这个职位可以说是绝对的自由，不用看任何人的脸色行事。但当老师的责任很重，首先是做人，给学生做出榜样，老师在做学问以前先要做人。当然不是所有的老师都能达到这个标准，差劲的也有，国内国外都是一个道理。教书育人，首先是教学生做人，然后才是做学问，他招来学生后肯定要与学生做一次长谈，对学生讲清什么事情该做、什么不该做、责任是什么，等等，也倾听学生的打算，充分尊重学生的选择。

系里在招人的时候，尤其是招收中国学生的时候，很重视柳林的意见，他对自己的眼力很自信，觉得不会看错人，前后一共招了十几个中国学生，都很优秀，非常胜任工作。

在美国 GIS 的前景很好，属于热门行业，工作比较好找。眼下他的一个博士生就要毕业，工作已经落实，估计年薪比他这个当老师的还要多。

大学教授一般领 9 个月薪水，假期原则上是不发工资的。这个时间可以到外面去干，但当老师的不好把学生丢下不管，在刚过去的一个夏天，柳林有两个学生要毕业，他花很多时间看毕业生的论文，指导他们修改。当然也有的老师很看得开，一到夏天就出门旅游、休假，这无可非议，剩下那 3 个月的工资学校是不会发放的。但对新来的教授，为了给他们充分的时间出成果，可以发工资，系主任是拿 12 个月工资的，还有一种是正在做项目的，经费中如果有工资这一栏，就能发工资。

在英联邦国家，工资与职位有关，但与方向无关，比如地理系教授与商学院教授工资是一样的，但美国主要由方向决定，在一个学校之内，同样是教授，系与系之间工资差距不小。一般说来，在美国哪个专业学生多，哪个专业市场好，哪个专业收入肯定就会高。

这些年，柳林经常回国。第一次回国是在 1996 年，那次国家科技部邀请他回国测评国内 GIS 软件。柳林在国内时参加过多个 GIS 软件项目，对该行业比较熟悉。

他与北京大学、中国科学院遥感所、中山大学、香港理工学院等保持着联系，还是武汉大学测绘学院的客座教授。今年休假期间先后到了北京、广州、香港做学术报告，并和同行进行学术交流。

现在柳林的生活已经安定下来，住房条件不错，离单位只有25分钟的车程。他有一个幸福的家庭，太太毕业于北京大学地质专业，毕业后在教育部工作，但她对行政工作兴趣不大，萌生了出国的想法。后来她到美国读地理信息系统，是在柳林出国两年后的事情。录取的时候是博士，但她后来改读了硕士，因为两个人学的是同一个专业，同一专业的博士，在一个城市找到工作的机会很小。现在太太在 IBM 公司工作，做一个项目的负责人。按她的兴趣，既不喜欢地质，也不喜欢地理，她喜欢的是文学，但文学最终与她擦肩而过，后来工作忙也就无暇顾及了。

两口子只有一个女儿，刚出国时各方面压力都很大，只能用全部精力去读书，一切安顿下来后，孩子已经长大了。柳林家庭观念比较重，培养孩子要用去很多时间。现在柳林的工作已经走上正轨，带过了十几名硕士及博士毕业生，主持和参与了十几项大型科研课题（含美国科学基金课题），发表论文 30 余篇，曾任中国海外地理信息科学协会（CPGIS）主席，可以说是功成名就。柳林刚过不惑之年，是一个年轻有为的学者、科学家，发展的空间很大。

风筝，渐飞渐远

孟远航，1978 年出生于黑龙江省密山县。1997 年考入清华大学环境工程系，2002 年赴美国辛辛那提大学留学。现在美国一家公司工作。

一、突如其来的电话

那是在 2000 年的秋天，儿子孟远航在大学四年级开学不久的一天晚上打来电话，口气急促。他说，他正面临着选择：一是读研究生，他已经在第一批被推荐之列；二是申请出国。

事关重大，我的第一反应就是：出国，但研究生不能放弃。

孩子说，不行，二者必居其一，这是学校的规定。

我说，能不能让我好好想一想。

孩子说，来不及了，必须在这个星期做出决定，也就是后天之前。

第二天晚上，孩子又打来电话，征询我的意见。我说，这事最终还得你自己拿主意，我说的是实话。在这之前，包括孩子离家去北京上大学，很多事情都要与我商量，我总能很快拿出一些办法，而且非常自信。但这次我第一次感觉自己知识匮乏，无所适从，实在没有能力做出判断。

孩子说，他选择出国。

我让他说说理由，他说 GRE 已经考过了，只要再考下托福，就可以申请国外的学校了，如果放弃的话，意味着要再等上 3 年时间。真正吸引他的是换一个新的环境，开阔自己的眼界。我追问了一句，如果出不去呢？

看得出，他似乎没有"出不去"的思想准备，停顿了好一会儿，才说，听天由命吧，有什么后果我认了。

有了这件事，我感到身上的压力陡然增加。按理说，孩子这么大了，尽可以让他自己做主，充分相信孩子的决断能力。可是我总觉得孩子还小，太小，他有这个决策能力吗？但潜意识里还因为孩子是独生子，总想给他找一条最稳妥的道路，少一些风险，不能在孩子身上做试验，不能赌博，一个孩子，实在输不起。

选择读研还是出国就是一次人生赌博。

我当时正应一家刊物之邀，写一个人物专访，可是我哪有心思采访啊。

我的采访对象是哈尔滨医科大学的神经外科专家戴钦舜教授，在采访之余闲聊时，我向他说起了孩子的事，并表示了我的忧虑。这位著名的老专家略微思索了一下说：人们不是常说"舍得"吗，什么叫舍得？有舍才会有所得。孟子说："鱼，我所欲也；熊掌，亦我所欲也。二者不可兼得，舍鱼而取熊掌者也。"人的一生都是处在舍与得之间，不懂得放弃就不会有收获，而且必须当机立断。你想想自己的经历，是不是这么回事？然后老教授笑着说，其实孩子大了，让他们自己决定吧。别瞎操心啦！

戴教授的话让我悬着的心放了下来。

这年的秋冬之际，孩子全力以赴，投入到申请出国的准备当中。

但是第一次出国申请非常不顺利，中间经历了一次次的希望与失望。Offer 来得很晚，一直拖到 2001 年的 9 月底才去美国大使馆签证，也就是在震惊世界的"911"事件之后。

当时我已经买好了去北京的火车票，准备一旦签过后直接送他出国，因为美国的学校马上就要开学，孩子已经没有时间再回哈尔滨了。

在签证那一天，我在哈尔滨的家中等待他的电话，心情非常紧张，中午时分电话铃响了，刚听他叫了一声爸爸，我就知道情况不妙，果然，拒签！过程简单得很，签证官甚至没有问他去哪所学校、什么专业，开门见山地问：说说你毕业后回国的理由。孩子刚说了两三句，签证官就说：你没有说服我！拒签的章子也就盖下来了。

听了孩子的简述，我只说了一句话，赶紧回家吧。

我和老伴儿做的第一件事就是到火车站去退票。

儿子从北京回来了，他告诉我们，当时从使馆出来，他在花坛旁坐了好半天，脑子里一片空白，他感到从未有过的疲倦，也不知坐了多长时间，才能够再站起来。更令他绝望的是，美国那所大学同意保留学籍，但不保留奖学金，对工薪家庭而言，没有奖学金，保留学籍等于一句空话。也就是说整整一年的努力以彻底失败而告终。

孩子回来后并没有如我想象的那样灰心，似乎精神状态还不错，有说有笑。只是我发现他不像每次回家后电话不离手，找同学聊天，约同学出去玩。这次电话打得很少。新的学期已经开始，儿子仍然待在哈尔滨，同学们不是坐在明亮的教室里攻读研究生，就是在新的岗位开始了工作，或是远赴重洋开始了留学生涯。

那天我和老伴儿带着他去超市购物，碰上一个熟人，问起孩子的事，我实话相告，我看出这个朋友脸上异样的表情，很复杂。我觉得孩子也看出来了。儿子从念书时候起，就是同事和邻居孩子的榜样。如今，他什么也没有了，研究生没有了，也没有工作，只是一个顶着清华大学毕业生虚名的待业青年。

那段时光，孩子很难熬，我当然也不舒服，我曾想，是决策错了吗，如果不选择出国，那么，研究生当然顺理成章地读下去，即使不读研究生，也可以找一份收入颇丰的工作。这种后果虽然当时已经预料到了，但只是口头上说说而已，思想准备并不充分。正如鲁迅先生说："我常见些但愿不如所料，以为未必竟如所料的事，却每每恰如所料的起来。"

我曾问过孩子：你现在后不后悔？他非常痛快地说，不后

悔！是发自内心还是强撑的自尊？我不得而知。

如果当时去读研究生，从眼下看，当然不错，但是不是因此就可以得出这种结论：生活中原来并不需要选择，只要按照别人划定的道路走下去就行了，无欲无求，顺利通达，也免去了一分烦恼。

然而此时我已经明白了，重要的不是结果如何，而是应该不应该做出选择，不是听凭机会的恩赐，而是主动去争取。选择即意味着放弃，意味着风险，甚至失败也在情理之中。从主观意愿来看，任何人都愿意以最小的风险，换取最大的回报，但这只是一厢情愿，并不符合客观规律，正如经济学中讲的风险系数，高风险意味着高回报。人各有志，孩子选择了出国的道路，肯定有他的志向，当然这是一种高风险的选择，但也必然伴随着一种高回报。美国大学，尤其是研究生院无疑处于世界最前列，出去见见世面实在难得，而且美国还提供相当优厚的奖学金，足可维持生活，免除了家庭负担。有这种机会，随便放过，未免可惜。即使经过努力最终失败了，也不会因为放弃而懊悔——毕竟我尝试过了。

这样一想心里也就释然了。唯一的担心是孩子还小，他能不能经得住这种打击？这种打击会不会在他一生中形成一种阴影？

我不大喜欢塞翁失马这则故事，所谓好事坏事转来化去，都与自己无关，只能听凭老天的安排，让不可知的天意将个人命运玩弄于股掌之中，要想从逆境走出，最终要靠自己努力，除此之外都是靠不住的。

二、顺境与逆境

像我在辛辛那提大学碰到的所有留学生一样，孩子在国内走过的求学之路，平顺坦荡。从念书的第一天算起，一直非常优秀，该得的奖状拿回来了，该获得的荣誉也都获得了，每次开家长会我和爱人都是抢着去，因为听到的都是老师和其他家长的赞扬。

儿子出生在农场，在农场一直长到 7 岁，是个地道的农村人。其间除了几次带他回城探亲，他从来没有离开这个地处边境的农场一步。北大荒山明水净，地域辽阔，北大荒人几乎都是全国各地的移民，当地人并不多见，民风淳朴而大气。我和老伴儿都是下乡知青，邻居是个马车老板，叫王荣，对远离家乡的我们多有关照，孩子一直以为自己是老王家的人，在他家比在自己家里还仗义，这种感情一直保持到现在。这些无疑给孩子成长带来了积极健康的影响。

后来孩子随我们离开了农场，来到佳木斯农场总局子弟校上小学，他很轻松地在班里保持着领跑地位。等到三年级的时候，又随我们来到了省城哈尔滨，到我家附近的一个小学当插班生，第一天上学是我送他去的。教导主任对孩子的能力表示怀疑，认为来自小城市，念书跟不上，最后还撂下这样一句话：先念一个月，试念，跟不上就得退学！过了一个月，孩子不但没退学，还当上了副班长。有一次做课间操时，儿子看见校长路过他们班，问教导主任："这个新生怎么样？"主任说："不错，就是有点儿'蔫淘'（方言，淘气，但不明目张胆）。"看来这个主任很喜欢儿子。

初中三年，他仍然保持着领先优势，然后考入全省最好的一所重点高中——哈尔滨市三中，在这所聚集着全市精英的学校里，他发现自己与之前的差距很大，最多算个中等生，因为同学大部分来自重点学校的重点班，儿子就读的初中是个普通学校。但第一学期念下来，他的成绩已经进入全年级的前列，1997 年高考的时候，他考出了哈尔滨市第二、黑龙江省第三的优异成绩。这个消息我是从报纸上看到的，《新晚报》在第一时间公布了哈尔滨市高考前三名的成绩，接着《哈尔滨日报》记者还专程去清华园采访了孩子，写出了不短的一篇人物专访《清华园的福将小子》。

儿子至今对他所就读的高中心存感激。哈尔滨市三中每年考入清华大学的人数在全国的中学里也是名列前茅的，三中的重素质教育更是全国闻名，在清华北大这样的名校有很高的信誉。孩子每天下午 4 点钟就放学了，学校从来没有举办过任何形式的课外辅导班。学生不仅可以享受每个星期的双休日，还可以度过完整的寒暑假。值得一提的是，孩子自己也从来没有参加过任何课外辅导班，从小学到高中的 12 年时间里，一次也没有，因为他自认为有自主支配课外时间的能力，他不希望辅导班打乱自己的安排。但对课外辅导班究竟参加与否，不能一概而论，应以孩子自身的情况而定，但过多过滥的学习班既浪费了孩子的时间，也浪费了家里的钱财是毋庸置疑的。可贵的是哈尔滨三中从来不赶课程进度，似乎比其他中学慢了好几拍，等讲完全部课程后，只复习一遍就参加了高考，其他高中已经复习好几个来回了。就在前几天，我碰到了曾在哈尔滨市三中任校长的陈光敏先生，我表达了对他的感激之情。

在清华大学这样一所有着优良传统和丰富文化底蕴的大学里，儿子成长得很快。在紧张的学习之余，他还争取做些社会工作。给我印象最深的有这样一件事，在大学学生会工作时，他与国内一家知名网站联合，发起了一个"绿色贺卡"活动，即新年期间用电子贺卡取代传统的纸质贺卡，节约纸张，保护环境，这个创意在当时是很超前的一件事。这件事由他一手运作，与网站联系、谈判，网站还给他一笔活动经费，虽然只有 200 元，但他非常高兴，用这笔钱买了纸张、糨糊，在学校张贴海报，还在网站上发表了由他署名的倡议书，这个网页在网站上保留了很长时间。

在毕业之前的几个月中，我深深地感到了儿子对大学生活的留恋。他不愿放弃每一个学习的机会，从早到晚埋头在实验室里工作。至今，我们还保留着他当时穿过的一件 T 恤衫，在衣服的下摆上密密麻麻地布满了化学药品腐蚀的小洞。因为实验室里太热，他经常在别人不注意的时候把白大褂脱掉，所以才会留下这些纪念。

然而这一切都已经成为过去，眼下的处境让他第一次体验到什么是"失去"，也将会真正懂得后来所得到的珍贵。

因为孩子申请出国的事情很不顺利，我心情很低落。我经常跟他聊天，讲他小时候的事情。他上小学的时候有一回考试成绩不好，从第一名一下落到了30名，回到家里很难受。我当时对他说，一两次考试说明不了什么，我现在40岁了，回头想想我上小学考试得了多少分，是多么无聊的一件事。你现在走过的只是短短的一段人生之路，眼前不过遭遇了小小的挫折，前边的路长得很，实在没有必要灰心丧气。儿子认真地问，你真的不记得小学的事了吗？我点点头，我知道我的话起了作用。

三、走进外企

2001年11月，他回到了北京，借住在清华大学同学的宿舍，因为他要做下一年出国的准备。还好，GRE成绩管5年，托福成绩两年有效，不必再参加任何考试，除了申请材料，其他什么也不用准备。

那段时间他给我打来电话，心绪仍然不佳，没有比重复劳动更让人心烦意乱的了，他不仅仅要把去年做过的工作重做一遍，还要重新体验曾经历过的失望与沮丧。待把这些材料都邮出去的时候，已经是11月中旬了。

这一天，他又给我打来一个电话，说是意外地在北京找了一份工作。事出偶然，他本没有找工作的打算，那天在宿舍里和同学聊天，无意中听到一个外企环保公司招人的消息。想想这段时间反正也没有什么打算，有份工作干着也不错。

他决定去应聘，面试者是个中方经理，50来岁，女性，是从中科院转过来的，问过一些常规问题后，女经理说，你用英语介绍一下自己的情况吧。儿子为出国准备了详尽材料，内容丰富而且具体，这次算是撞到枪口上了，回答非常流利，经理很是满意。

第一天上班发生的事耐人寻味，本来经理已经吩咐秘书打一份材料，后来改变了主意，把任务交给了儿子，原来是一封邀请

信，公司准备新年邀请同楼的另一家企业员工举行一场乒乓球友谊赛。经理向他交代了邀请信的要求：措辞要热情，排版要大方，最好有个图片。经理说的是原则，很朦胧，也许是故意说得朦胧。儿子从网上"荡"了一个打乒乓球的卡通图片，并字斟句酌地写了一封邀请信。只有20来分钟就把邀请信打印稿交给了经理，经理看了一会儿，什么也没说，却让秘书直接给那个单位送去了，儿子知道第一次考试通过了。又过了两天，一个临时来中国做项目的澳大利亚同事发现带来的ZIP盘打不开，以为驱动器坏了，ZIP盘里存了很多重要数据。在此之前，儿子从来没见到过ZIP盘，但凭他的电脑常识，很快从网上找到了驱动程序，ZIP盘起死回生，解决了大问题。后来经理对别人说，现在的大学生，甭管学的哪个专业，计算机都不错，招这样的学生不吃亏。

他在公司干的第二份工作就是翻译，这是一家环境咨询公司，主要工作就是做环境评价，因此离不开写文字报告。

他到公司的第二天就开始做书面翻译，先是把英文翻译成中文，这不是什么太困难的活。但几天之后从美国空降过来一个经理，交给他一个汉译英的任务，这对于一个刚走出校门的大学生确实是不小的挑战。虽说他平时花了不少时间学外语，但毕竟是应付考试，真正做到规范的书面翻译，并投入实用，实在勉为其难。究竟难到什么程度？他做过形象的比喻，就像把白话文译成文言文。经理对他的译文很是不满，声言要解雇他。他找到经理，希望再给他一个机会。看着儿子的执着，经理终于同意再试用一段时间。孩子是个有心人，从那以后他把经理修改好的译文都留下来与自己的译文一字一句地对照，看看人家是怎么翻译的，从而找出自己的不足之处。以后的译文再送审后，经理脸色好了许多，当然再也没有提起过解雇的事情。

因为工作中经常与外国人打交道，他的英语能力突飞猛进。记得刚上班第一天，一个美国人跟他说了一句话，然后就走了，他没听清楚，正在琢磨老外的意思，那位又回来了，拍了他的肩膀一下，把话又重复了一遍，这次听懂了，是让跟他一块走，两人都笑了。

在工作中，整天与外国人打交道，英语是唯一的交流工具。工作间隙他与这些外国同事经常聊天，下班后有时在一起吃饭，交流机会很多。到了美国之后，孩子发现说英语的机会反而少了许多。因为在美国留学，除了听课以外，大部分时间还是生活在中国留学生的圈子里，说英语的机会并不多。

提高英语只是在工作时学到知识中很小的一部分。当时公司正在为鼎鼎大名的壳牌公司的一个大项目做环境评价工作，公司派他加入到项目组里做一些基本的工程技术支持，让他有机缘接触到一个大项目的运作过程，学到了好多新东西。

一次在远离人烟的深山里考察，他看到同事带着一个手机大小的设备，时不时拿出来按几下按钮，他并不了解同事在做什么。当他们请的向导无法确定下一步应该走的方向的时候，同事给总部打了个电话，又拿出那个小东西看了一会儿，马上就确定了方向。后来他才知道原来那是一个 GPS 仪，可以显示当时所处的地理位置，而总部有一个地理信息系统（GIS）存储着他们所处位置的地理信息，所以他们才不会在深山里面迷路。在此之前儿子连听都没听说过地理信息系统，他一下子就被深深地吸引住了。一有时间，他就和负责 GIS 的同事聊天，了解关于 GIS 的基本知识。到了周末，他一个人在办公室里，对着手册研究 GIS 软件的用法，一看就是一天。不知道是巧合还是幸运，他有了一次出头露面的机会。因为负责 GIS 的同事是从香港临时派过来的，经常要回香港。有一次客户需要一张地图，而香港的同事还没有回来。正在人家一筹莫展的时候，儿子自告奋勇，说可以试一试。当儿子拿着漂亮的地图交给经理的时候，经理还有同事们都很惊讶。谁也没有想到这个初来乍到的小伙子竟然也能摆弄这么复杂的计算机程序。从此以后经理对他另眼相看，虽然在公司里他年龄最小，级别最低，经理还是派他参与了几次重要的实地考察调研。整个考察组里，只有他一个人会讲中文，因此和外界的

组织联络基本上都是他一个人负责，需要掌握此行目的、联系接洽单位、制定活动日程、安排座谈人员、食宿交通，等等。这些能力得益于他在大学里做过一段学生会工作，每次出行都圆满周到地完成了任务。

这段经历确实给他带来了莫大的益处。在真实的世界里，他所学过的书本知识第一次解决了实际问题，不再是冷冰冰的公式和图表。他很感激清华大学的严格教育，为他打下了坚实的理论基础，使得他在面对实际问题的时候不会手足无措。然而总结4年大学的生活究竟给了他什么，他觉得，大学不仅教给了他某些具体的知识与技能，更重要的是掌握知识的方法，正如金子与点金术的关系，这个点金术就是自学能力和强烈的求知欲。一个大学生离开校门，在未来的工作中不断会遇到新问题、新知识，他将会以满腔的热情、兴趣，还有锲而不舍的韧性去面对，而不是回避，这是长久地站在科技前沿而不落伍的重要保障。出国读书对他不再仅仅是一次令他感到新奇的人生之旅，而是要汲取新知识来回答更多的实际问题的过程，学习的目的明确而具体，因而也更加坚定。因此当经理告诉他顺利通过试用期，并准备和他正式签约的时候，他表达了自己出国深造的意愿，委婉地谢绝了。经理有些惋惜，但表示，如果出国不成功，还可以签约，公司的门向他敞开着。

在外企，他还学会了人际交往、为人处事，公司的出纳曾经和他开玩笑说："小孟学坏了！"她指的是孩子不像刚来时那样呆头呆脑，浑身冒傻气，老练了许多，眼神都跟那会儿不一样了。他感慨地说，学生不离开校门，永远长不大。

那段时间，在电话中，他兴奋地向我讲述外国员工的故事，还有出差在外时碰上的逸闻趣事。我比他还要高兴，我看到他已经从逆境中走了出来，不只是生活处境，还是情绪，是精神面貌。到底还是年轻，还是孩子！

看来，挫折并不是坏事，虽然谁也不愿意经历挫折。

四、留美两年发生的故事

孩子第二次去美国领事馆签证时，我正在外地出差，是一次采风活动。那天我们来到一个偏远的县城。我不愿意主动给他打电话，说确切点是不敢。越是到最后时刻，对成功的预期越小，我深深地罩在儿子去年受挫的阴影之中。当时签证形势很糟，网上一片"刀光剑影"。那天是在行驶的客车上，我接到了儿子打来的电话，听他叫出爸爸两个字，就知道肯定签过了，正像第一次签证时打电话的语气一样，孩子掩饰不住自己的情绪。我的心放下了，这意味着两年的努力，终于有了成果。车上的信号很不好，但要表达的意思已经再清楚不过了。

回到宾馆，又与孩子通了一次电话，谈得比较详细。这次签证，他准备得很充分，更重要的还是工作过一段时间，遇事比较老练，他对外国人已经很熟悉了，先不说口语如何，至少不会像第一次签证的时候，回答问题全靠背诵事先准备好的材料。当签证官递给他领取签证凭据的时候，已经快到下午了。看着满脸倦意的签证官，他说，我现在已经很饿了，希望你也能早点儿休息。

电话中他还和我说到这样一个插曲：在签证前，他像所有的留学生一样，去了一趟雍和宫求大喇嘛保佑，正像等待 Offer 时去卧佛寺求神拜佛一样，图个吉利，未必当真。他在雍和宫买了一个玻璃饰物挂在脖子上，但就在签证的前一天，拉链不知为什么松开，饰物掉在办公楼坚硬的花岗岩地板上，摔个粉碎。他心里一惊，一种不祥之感陡然升起，他在心里极力安慰自己，这是个意外，与明天的事情毫无关联。我问，你很在意吗？他反问，您说呢，本来签证就是三五分钟的事，全靠签证官的一念之差，谁也说不准，就是撞大运。饰物摔碎的阴影很难散去，在签证排队的时候，这种念头时不时地袭上心头，搅扰着情绪。多亏有一个活泼的孩子在厅里跑来跑去，而且主动与儿子搭话，缓解了不少紧张情绪，临叫到自己名字的时候，他已经胸有成竹，信心十足了。

孩子如愿以偿地走上了留学之路。

在学生家长中，在接受新事物方面，我自认为是比较超前的一个，孩子到美国以后，之间的联系方式让我尝到了高科技的甜头。写信用电子邮件，聊天用 QQ，当然是敲字。后来用网络电话，特别是有一阵国际长途电话价格猛涨的时候，既省钱，又便捷，还能用可视电话见到对方的影像。他买了一个数码相机，把照片用电子邮件发来，后来干脆上传到网上，我有照片也贴上去，这样就免去了接收电子邮件长时间的等待。

那段时间，孩子过得似乎很是快活，打电话报的全是喜讯，奖学金足够吃喝、租房，衣服从家带去很多，两年不买也没什么问题，而且很快就买了一辆二手车，驾照也考下来了，还买了笔记本电脑、电视机、DVD，一切顺畅。

其实孩子刚刚踏上美国土地的那段日子很难熬，他曾睡过地板，步行几公里去超市买食品，全靠肩背手提，还有无尽的孤独和想念亲人。他在向家里报喜的时候其实隐瞒了许多，这些都是我后来去美国探亲时才知道的，让我感慨不已。

我们一个星期至少通一次电话，他在美国的学习与生活，对我来说都是透明的，一切都在我的视野之内，"监控"之下。

第二年，他参加了一次考试，是博士资格考试，这是博士生入学第二年例行的一次考试，这种考试并不容易，有相当比例的学生过不了关，他考得不错，顺利通过。可是过了几天，他给我打来一个电话，就是这个电话，又给我增加了不小压力，同时在父子之间爆发了争吵。

他说，他准备放弃读博士的机会而改读硕士，并且希望在毕业之后再去学习地理信息系统。我猝不及防，感到非常意外，我问：既然你想放弃读博，为什么还要参加博士资格考试？

他说出了如下理由，因为读书对他并不是一件枯燥无味的苦差事，参加博士考试正好可以对自己的能力做一次检验，这个目的已经达到了。但是他总是觉得自己已经学到了足够的专业知识，可以开始工作了，更重要的是对自己的博士研究方向总是提不起足够的兴趣，准备转学地理信息系统专业。

我问，什么是地理信息系统？

他说，就是我以前跟你说过的 GIS，是地理学的一个新的分支，跟地理定位有关，这么说吧，是一个热门专业，前途广阔，更重要的是兴趣，自从我在北京外企公司第一次接触，就非常感兴趣，一直梦想着能够去学习这个专业。

我问，听着倒是不错，可你转专业会成功吗？

他沉默了一会儿才继续说，那可说不准，干什么事都不可能有百分之百的把握。

我一直认为自己思想并不落伍，但我不得不承认，在读不读博士的问题上，我仍然转不过弯子来。首先是博士好听，我对博士很崇拜，杨振宁博士、李政道博士、丁肇中博士、基辛格博士，人可以不称职务，但必称博士。博士象征着博学，象征着身份，象征着荣誉。在国内大学扩招，本科生所在皆是的情况下，硕士，特别是博士，在职场竞争中占有抢滩的有利地位，物以稀为贵嘛。所以当孩子提出放弃博士的时候，我感到非常失落。但又于心不甘，进行了多次劝说，但几次电话都是不欢而散。

更现实的问题是，他读博士有奖学金，生活有保障，继续读下去，起码可以过 3 年安稳日子。但中途换专业，可能成功，也可能失败，失去奖学金，在生活上将陷入窘境。以我们这样的家庭，根本无力承担在美国读书天价的学费和生活费。与国内不同的还有一个身份问题，如果不能如愿以偿地进入新专业学习，他将没有在美国滞留的理由，也就是必须回国。还有一个严重后果，他赴美留学拿的是博士 Offer，已经在导师手下读了两年，又刚刚通过了资格考试，中途变卦，是很扫导师面子的事，导师会做何感想呢，很可能在一怒之下，连个硕士学位都不给就让他走人，那么这几年的时间与心血就会毁于一旦。

按照这个思路想下去，我陷入了极度的不安之中，我知道，孩子正在做人生的一次重大博弈，其风险性，并不次于当时在国内读研还是出国留学所做出的选择。出国留学的过程遭遇的坎坷还少吗？现在又选择了一条荆棘丛生的道路，他能够成功吗，有没有十足的把握？我心里七上八下。更让我放心不下的是，当年的风险由我们父子二人承担，而现在，他只有用自己一个人的肩膀硬扛了。他有这个应变力与承受力吗？我表示怀疑。

就在爷俩"谈判"陷入僵局的时候，他给我打来了电话，说已经与导师谈妥了，决定放弃读博。

这大出我的意料，竟脱口而出："我还没同意呢！"

孩子也不太冷静，说："你就让我自己做一回决定吧！"然后又缓和了口气，说："导师也感到意外，让我再好好考虑一下，一个星期后再做决定。我同意了，不过我觉得已经没有必要了，我已经做出决定了。"

那段时间，我非常恼火，觉得孩子变了，变得陌生了，竟有几分不认识了，他在不知不觉之间改变了游戏规则，把"事前请示"改成了"事后通报"，这让我感到十分惆怅。从他离家去上大学开始，我和他的关系，就像放风筝一样，不管他飞得多高多远，总有一根线牵在自己手里，心里踏实，但是我知道，他一直在努力挣脱这根线。今天，我终于发现，儿子已经挣脱了那根线的牵扯，渐飞渐远……

五、美国探亲

2004 年 7 月底，我和老伴到美国探亲，看望已经阔别两年的孩子。

在享受辛辛那提明亮的阳光、透明的空气、碧蓝的天空、绿树草坪之余，我见到了众多中国留学生。他们和我的孩子年龄相仿，经历却并不相同，这无疑是个优秀群体，翻开他们简短的履历表，每个学生都有辉煌的历史。

孩子似乎变化不大，个子没变，胖瘦依然，甚至做派也没有多大改变。

我曾看过一些关于中国人在美国生活的电视剧，也在网上看过一些文章，对美国社会的富足早有了解，但对美国的人情世故，人与人之间感情冷漠，人情薄如纸，特别是对 AA 制有着深刻的印象与难以认同感，很担心孩子在美国的处境。让我感到意外的是，我看到留学生之间的情谊很深，并非如国内社会流传所言。我想这是他们身处异国他乡，远离父母，所以彼此帮衬，相依为命，同甘共苦显得尤为重要，他们之间往来频繁，聚会也很多。9 月初，孩子搬了一次家，几个留学生合伙，租了一辆搬家用的小货车，由一位技术最高的学生驾驶，大家齐心合力，干活舍得出力气，还有的自己并不搬家，纯属帮忙。那是个大热天，非常闷热，他们一个个累得满头大汗，一口气搬了 5 个家。孩子的室友晚上洗澡的时候，胳膊都抽筋了。儿子也累坏了，回家就直挺挺地躺在床上，说晚上得好好睡上一觉。就在临睡前他接到一个电话，有个同学明天搬家，让他去帮忙，他痛快地答应了，还通知了室友，也同样得到积极的响应。我当然很心疼，但也深受感动，我支持他们的行动。这让我一下子回到了当知青的年代，知青受过苦自不必说，但那时人与人的真挚感情实在值得留恋，患难与共，甚至性命都是可以相互托付的。孩子离开父母，到一个遥远陌生的地方独立生活，这种生存状态与我当年颇有几分相似之处，要不然人家管出国留学也叫"插队"呢，只不过是"插洋队"！我刚到美国的时候，孩子和他的同学一块去机场迎接，回国的时候，三十几个孩子到家里为我们送行，这些孩子的情谊让我们至今难以忘怀。

我的孩子性格比较内向，不善交际，我一直认为，他更适合做学问。其实我陷入了一个误区，以为做学问的人都是只顾埋头业务的书呆子。这次我在美国接触了一些卓有建树的终身教授，与我心目中的形象相去甚远，个个都是热心公益事业，纵横捭阖，奔放热情，口才极佳，善于交际。他们要申请科研经费，参与学术会议，还要领导一个实验室，调动众多研究人员的积极性，仅凭优秀的业务能力是远远不够的，还要有良好的指挥能力、组织能力和团队精神。

孩子还和我讲了这样一件事：那时他转专业已经有两个月了，有天晚上接到一个电话，是他原来环境专业同组的西班牙同学打来的，请他明早回实验室帮忙做实验。孩子平时要睡到八九点才去学校，这天7点钟就去实验室了，头昏脑涨，心里也不痛快。让他意外的是，前老板早已等在了实验室，道歉的话、感谢的话说了许多，那些不快立刻烟消云散。这件事让孩子感触很深。对于这位前老板，儿子有深深的感激之情，因为教授的学识、教课与做实验都很有一套，在美国的业界名气很大，而且这位老板做事很大气，儿子中途转专业，另谋新主，一般教授很难接受，但他并不介意，并提醒儿子慎重考虑，然后就是痛快放行，并为儿子写了热情的推荐信，对儿子顺利转专业起了积极作用。相似的事还发生在他所带的另一个中国留学生身上，一个留学生刚来两个月即请假回国，但这位教授同样放行，而且并未因此影响师生的感情。孩子认为，帮助自己老板，虽然是前老板做实验，是理所当然的事情，用不着感谢，甚至道歉。但教授这样做自然有他的原因，这让孩子懂得了一个道理，教授的做法并非仅仅出于礼貌，更不是客气，而是美国人的行事原则，哪件事是你分内该做的，哪件事是求你帮忙的，老板分得很清楚。遇到此类事情，并不管你是导师还是学生，是上司还是下级，完全是一种平等的关系。其实老板就是手把手地教他今后在社会上怎么做人做事。

孩子在国内的时候，为人低调，事事不愿意出头，这与性格有关，也与我们的教育有关。我们不太注重培养他与人交往的能力，怕耽误学习，而且从心里轻视这种能力，觉得不是真本事，以为只要业务能力强，一俊遮百丑；将来走上社会，有足够的工作经历，就会无师自通，是水到渠成的事儿。

那还是他上小学二年级时候的一件事，我让他去食堂要一块用于发酵的"面肥"。其实我已经和大师傅打好了招呼，他只是跑趟腿就行了。但他硬是不去，宁肯挨揍也不去。后来慢慢才品出了这个孩子的特点，凡是让他去向别人借东西，求别人的事他都不愿意出头，张不开嘴。

有这样一则故事。某学生毕业后去一家公司参加应聘面试，进了电梯后够不到楼层按钮，在里面挤来挤去，弄得别人很烦。有位中年人问他要做什么，他说要去四楼。中年人给他按下按钮，这个学生并未有所表示，甚至连一声谢谢都没有说。中年人正是这个学生的面试官，他没有录用这个学生，原因有二：其一，他本可以请别人帮助按一下按钮，但他没有张口；其二，别人帮他按下按钮，他连谢谢二字都不会说。这种人交际能力存在很大缺陷。如此看来，我的认识有很大的偏差，以为人际交往就是拉关系走后门，是不正之风。在美国常听到一句口头禅"少来国内那一套"，就是特指这种风气。拉关系走后门是人际关系的异化，并非正常的人际关系。人际交往是一门重要的学问，人际关系是人与人之间心理上的关系或心理上的距离，是情商的重要组成部分。什么叫社会，社会就是人和人关系的总和。不会处理人际关系，何谈与人合作，融入社会？到了美国，与众多留学生接触后才知道，在这里做研究，需要的是综合能力。有个学生的考试成绩全部是 A，这在学生中是非常难得的，但并未因此受到老板赏识，在老板所带的几位博士生中，只有他没有通过博士资格考试。在这里其他方面都很重要，不那么重要的反而是考试成绩，对人才评价的标准与国内大不相同，对我来说，这是一个观念上质的变化。高分低能在美国是不会有好出路的，其实在国内也同样没有好的结果。

我欣喜地看到孩子身上的变化。在与周围人们交往的时候，很是老练与自信，不同年龄段的、不同地位的中国人、美国人，他都能应对自如。在探亲期间，我有一个采访美国家庭领养中国孤儿的计划。儿子特意安排我参加了这种家庭的一个聚会，并找到了聚会的组织者，请她出面联系，确定了几个不同类型的家庭，以便有更大的代表性。当晚，我就与这些美国人见了面。后来孩子与这些人多次联系，约定采访时间、地点，并让我拟好采访提纲。在预约过程中遇到了不少困难，比如有人时间紧，还有的反应不积极。但他并没有灰心，想办法补救、说服、解释，终于找到了合适的采访对象。在采访时，他当全程翻译，落落大方，彬彬有礼而又不亢不卑。采访非常顺利，孩子的表现是我始料不及的。我觉得这才是他真正的进步。采访过程安排得丝丝入扣，当父亲的当然看在眼里，就冲这点长进，这两年留学值了。

没有孩子就没有这次采访，更不会有这篇文章问世。即使是自己的孩子，我也得说一声谢谢，只是这句话一直埋在心里，并没有对他表露。

有人说江山易改，本性难移，我看未必。人与人的交往能力并非完全来自天赋秉性，后天培养与锻炼的作用举足轻重。

当然，我最大的一块心病还是儿子转专业的问题。我刚到美国时，他还在原来专业的实验室工作，一直忙到开学前一个星期才把实验做完。新学期到来，他已经是地理信息系统专业的学生了。

后来我得知，他在和我争吵的时候，一直在做着转系的申请，结局是圆满的，在这时，爷俩才能平心静气地坐下来谈一谈。孩子说美国对学位的看法与国内很不相同，国内普遍认为越高越好，看重的是面子；美国是够用即可，讲的是实用。美国用人单位精明得很，硕士能干的活，绝不会找博士干，那要付更高的薪酬；而且学位越高，研究方向越狭窄，工作越难对口，所以大多数学生在本科毕业后就参加工作了。如果致力于研究工作，或想在大学当教授，以及一些特殊行业，比如做医生，那么必须在校继续读学位。儿子有一个美国师兄是在工作五六年之后回来读博士学位的，因为他的兴趣发生了转移，不想干公司了，想当教授了，就这么简单，绝不是为了一纸文凭。读书与工作非常灵活，学习的目的性很强，只有一个字，用。他们是不会做赔本生意的，脑子里压根没有图虚名这根弦。儿子的话后来得以兑现，两个专业的背景使他在实习期间就顺利找到了工作，如今已经上班一年多了。

这番话我以前闻所未闻，不是孩子不想说，而是我没有给他说话的机会。现在想来，以我的知识量、信息量、过时的观念，还有固执的偏见，已经丧失了在孩子面前指手画脚的资格，早该"退居二线"了。当我意识到这一点的时候，心里当然很痛苦。过去，孩子在最需要我的时候，我都会出现，而且每次都会尽我所能，给予他及时而必要的帮助。他对我，对家庭，也有一种深深的依赖感，虽然累一些，操心一些，但我心里很充实。在孩子面前，父亲的作用无以替代，家庭永远是孩子的坚强后盾。然而这一切渐渐地转变了，渐渐地成为过去时，难道家长在孩子的眼里真的那么不重要了？

在我采访美国家庭领养中国孤儿的过程中，发现美国人对孩子的教育与管束很是潇洒、宽松。他们唯一的希望是让孩子快乐，并不看重孩子将来读很高的学位，做经天纬地的大事。望子成龙，出人头地，美国家长远没有中国人这么执着。表面看起来，美国人对孩子的期望值并不高，没有中国家长这么"负责任"，但这是另一种爱，是一种深沉的爱。从家庭关系来看，中国家长的严看严管，大多招致孩子的反感。青春期的孩子与家长关系一般都比较紧张；从成材率来看，是否成材与管束的宽严没有多大的相关性。相反，美国宽松的教育方式，使孩子更能得到全面而健康的发展，特别是创造力远远高于中国学生。

在这次谈话中，孩子还对我说出了一句埋在心里很长时间的话：我很少得到您的表扬，其实我觉得已经尽力了，而且做得已经不错，但就是得不到您的肯定；最受不了的是总好拿别人家孩子的优点比我的毛病，您知道我的感受吗？很伤自尊，自信心也没了，那一刻真觉得自己什么也不是。这句话让我半宿未眠，反省了很长时间。

接下来，我感到的是一种解脱后的轻松。以后我和孩子谈话的内容变得随意而且范围宽泛，比如美国人的饮食习惯，美国的旅游景点，还有一些天文地理知识。这种谈话是轻松的、惬意的。过去我们很少涉及这些方面的话题。这些话题并不在我关心的范围之内，是无足轻重，不值一谈的。过去爷俩并非是在谈话，更说不上谈心，更多像是开会与谈判。我每次打电话只会问，考多少分，排名多少，答辩通过没有，找工作落实了吗？说的全是"正事"，全是"致命"问题，孩子烦不胜烦：问点别的行不行？

那几天，孩子常常向我讲述课堂上的事，比如辛辛那提的绿化、市政建设、城市历史，市中心的繁华与衰落，包括他自己的见解。在老师的带领下，与同学徒步去"down town"（市中心），并登上最高建筑俯瞰市容，等等，兴致勃勃。这么多年来，包括在国内上大学，他从来没有和我谈论过一句所学专业的事情，也许是因为他学的是工科，专业性很强，说了我也不懂，我们不可能有共同语言。但这只是问题的一个方面，如果想沟通总是能够找到话题的。地理信息系统是一门新学科，是传统地理与计算机的交叉学科，其人文科学的成分很大。从孩子改专业的结果来看，人文教育对于理工科学生意义非凡，对拓展学生的知识面，特别是培养学生的健全人格，都有很大裨益。新的领域让孩子感到新奇，这是他自己的选择，也是兴趣所在。他以前学的环境工程专业，应该说是很有前途、也是许多人正在从事的职业。有的同学对这个专业非常热爱，甚至到了痴迷的程度。但这些代表不了他，并非他之所爱，这是无论如何也勉强不得的。看到孩子喜形于色的样子，我由衷地高兴。但更多的是感慨，在这所学校，我接触了众多的中国留学生、教授，还有美国人。在读书与求职时，他们无不把兴趣放在第一位，但我，还有国内一些家长，似乎从来没有这个概念，没有考虑孩子的兴趣，更不懂得让孩子快乐，把自己的意愿强加给孩子，还觉得是为孩子着想。

那次，我们去一家中餐馆吃饭。饭后，孩子并没有离席之意。正疑惑间，服务员送上了一个蛋糕。孩子问："爸，妈，今天是什么日子？"我们想了半天也没想出来，是一个很平常的日子啊，天天都在过啊。孩子没有说话，打开了蛋糕盒，是一个精美的蛋糕，上面竟清晰地印有我们老两口的一幅照片，是新近在华盛顿的国会大厦前拍摄的。孩子说："今天是你们的结婚纪念日。"哦，是我们前几天不经意说出的，没想到他留心了，我和爱人对视了一下，谁也没有说话，但心灵都感到了巨大的震动。我们从来没有纪念过这一天，包括生日都很少过，或过得很潦草。我们的生活中实在缺少浪漫，但孩子的生日却是牢记在心的，每次都过得像模像样，包括生日烛光、生日蛋糕。被我们淡忘的重要日子，孩子细心地记住了，而且过得如此生动而充满新意，看来，孩子是动了一番心思的。

孩子把餐刀交给我说："爸，您把蛋糕切开，再闭上眼，默想一个祝愿。"

我小心地把蛋糕切开，闭上眼睛，餐馆里很安静，就餐者谈话也是轻言曼语，柔美的家乡音乐让周围显得更加静谧与温馨。祝愿什么呢？那一刻，我百感交集，想了很多，我想到孩子从呱呱坠地，到蹒跚学步，在跌倒哭喊的时候，嘴里叫的肯定是妈妈或者爸爸，后来长大成人，身高先是超过了妈妈，后来又超过了我。但遇到困难的时候，总是把手伸向我们，由我们牵着他向前走，一步一步地走。这样我们都会感到踏实。这么多年来，在我的意识中，家长与孩子之间的爱是单向流动的。然而这一次有了变化，是双向流动。孩子懂事了，长大了。随着我们一天天变老，孩子还会把手伸向我们，但不是由我们牵着他，而是他牵着我们向前走了。这样想来，是不是有些感伤？不过，人类社会正是如此传承的吧。

如今我已经回国，在美国3个月的生活历历在目。如果说去美国前，我还有很多担心，那么现在我可以放心了。也许，离了线的风筝会飞得更高更远。

最爱听小蔡的笑声

蔡张理，男，1976 年生于湖南株洲。1993 年考入
华东理工学院，1997 年在本校读研究生，2000 年硕士研
究生毕业在上海参加工作，2002 年赴美国辛辛那提大学
环境工程系读博士。

在我见过的留学生中，小蔡最爱笑。什么时候见到他，总是
那么一副笑脸，笑声朗朗，幸福无比的样子，好像天天碰上喜
事。其实他最近就遇到了非常倒霉的一件事，但倒霉归倒霉，仍
然挡不住他的笑声。

就是在前不久，9 月初发生的事。小蔡拉着新来的中国留学
生去同学家串门。在一个岔路口停车瞭望时，一辆失去控制的汽
车竟如一块陨石，从天而降，着着实实地砸在了他的汽车上。
他，还有他爱人，新生还有新生爱人，4 个人全部挂了彩。最重
的一个脸上缝了十来针，车严重变形，把他挤在了驾驶位置上。
后来在别人的帮助下才好歹退出来，汽车完全报废。更让人气恼
的事儿还在后头，肇事汽车没上保险，保险公司不管，也就是
说，没人赔。小蔡四五千美元打了水漂，一个靠奖学金过活的留
学生容易吗？可小蔡却连说万幸万幸，人没事就好，大难不死必
有后福。

小蔡还有一档子倒霉事，我一到美国就听说了。在我熟识的
留学生中，他是唯一动过手术的人，手术不大不小，胆被拿掉
了，不是有句成语胆小如鼠吗？小蔡比这严重，成了无胆之人。

我不是医生，不知胆的用处，也不知道无胆的害处，但上天
赐予的零件肯定能派上用场，据说阑尾都不能轻易拿掉，更何况

是胆。可我见到的小蔡根本不像做过手术的样子，更不见有性格变化、谨慎怕事的趋势，照样敢作敢为，"胆肥"得很。前几天他给我来信说，已经回到国内治疗，终于查出了病因，与胆无关，无大碍，只是一个胆无谓壮烈了。让医生错摘了胆，还说自己的风凉话，只有小蔡做得到。

一、背景

小蔡家祖上是湖南省攸县的一个书香门第，土改时凭着70亩地被划为地主，那是他爷爷辈的事。父亲那辈七八个兄弟，如果早分了家，最多划成富农，只怪奶奶多说了一句话：人多热闹，家没分成，结果吃了大亏。

划了成分，这个家就算倒了霉，挨斗不说，伯父也当不成老师了，父亲也受连累娶不上媳妇，只好当了倒插门女婿，远"嫁"他乡。母亲家是村里最穷的一个，穷点好，越穷越光荣。小蔡的三伯父倒是参加了中国人民解放军，还上过朝鲜。那年从部队复员还乡，拿出复员证，照片上明明是个光荣的中国人民志愿军战士，村里人愣说是国民党。不过这种推论也属正常，他家的成分明摆着，况且他的二伯父还去了台湾，这个家庭背景可想而知。不过后来二伯父作为港台亲属回国探亲倒是很风光，受尊重，受礼遇，这是后话了。

别看父亲那阵窝囊，其实天资聪明，读书很好，只因为出身，高考无法进入大学。小蔡姐弟4个，姐姐老大，还有大哥二哥，他最小。二伯父1985年从台湾来了第一封信，与家里人取得了联系，后来一直接济他家。在小蔡的记忆中，父亲吃苦耐劳，起早贪黑干活，体力透支，显得非常苍老，黑而且骨瘦如柴。但父亲是个文化人，有点儿钱就买书，小说散文之类都看。也正因有文化，脑子活络，比如养鱼，有了毛病，看看书，撒点药就能把鱼治好，不像村里其他人，眼睁着满塘的死鱼，一点儿辙都没有。

小蔡小时候家里困难至极，一共7口人，4个孩子，爸爸妈妈加上外婆，根本吃不饱饭，晚上喝粥时，外婆告诉孩子们，爸妈要干活，把沉在底下的米粒给爸妈留着，孩子们只能喝米汤。老家农活非常累，种完水田种旱田，一年到头也没得闲。但父亲在劳碌之余，看着一个个正在读书的孩子，心里也就多了一分安慰。

姐姐初中毕业时报考中专，这时已经不看家庭成分了，父亲在骨子里蓄积的那种读书改变命运的想法又冒头了。这时，他不再满足于女儿考个中专，而是想让她上大学，后来中专录取通知书没有来，这也就正好遂了父亲的心愿。父亲说，我这辈子没赶上好时候，没什么事业，你们就是我的事业，就是我的作品，我一定让你们飞出这个鸡窝，成为凤凰。爸爸的心气，在农村是不多见的，而且至今这个村里的人仍然像祖祖辈辈一样，过着面朝黄土背朝天的生活，对孩子读书很不当一回事，觉得既花钱又没用，一家人都干活，你读书干什么？所以孩子基本上连初中都念不到。

有一年大哥说什么也不读书了，大约十三四岁的样子，爸爸气晕了，说我过去有书不能读，如今让你读书你倒不读，就使劲揍他。爸爸脾气很蛮，认死理，一根棍子都打折了。偏偏大哥与父亲一样倔强，竟说出这样的狠话：断绝父子关系，现在就立字据，今后干什么不用你管，也不怪你。爷俩当时就立了字据。但父亲知道他是孩子，不懂事，从此后倒是多了一些策略，比如给他转了个学校，对他格外照顾，有时竟亲手给他穿鞋穿袜子，有些讨好大哥。这对大男子主义思想颇重的父亲来说很不容易。

姐姐上了高中，第一次高考差了三分，接着复读，第二年考上了上海铁道医学院，是村里的第一个大学生。姐姐现在在深圳工作，工作和生活都很好。

大哥高中毕业后没有考上大学，本也想像大姐一样到一个重点高中复读，但后来政策不允许。爸爸坚决不让大哥务农，就想方设法让他参军。但初期体检时，镇里的医生硬说大哥心脏有杂音，连上县里体检的机会都不给。于是爸爸只有求救于姑妈。

　　小蔡的姑妈很是了得。还是解放前的事，有一天她正在地里拣粪，正好解放军到下面招卫生员，她把粪筐一扔，扒上车就走了。火车一下子开到了醴陵，连家里都没告诉。后来当了军医，在部队官至大校。

　　有姑妈通融，才让大哥有机会去县里体检，哪有什么杂音，大哥参军了。在火车站送行的时候，别的家长都哭，或者告诉儿子好好干，但父亲一句话也没有。父亲说，该说的我早说过了。当兵是好事，但当了兵就不能再回农村，一定要考上军校。大哥确实争气，终于考取了军校。后来父亲说，你们哥几个谁都可以不谢我，只有他不能不谢，全村没有一个是用棍子逼孩子上学的，咱家是唯一一个，而且我还是个农民。

　　小蔡的二哥本来与他同年上学，但因淘气，不慎把胳膊摔断，休了一年学，这样就比弟弟低了一年，后来二哥小学毕业时，又赶上五年制改六年制，这样又低了一年。

　　小蔡读书一直成绩不错。初中毕业时，报考中专，总分700分考了634分，分数不低，过了录取分数线。但念不念中专，犹豫不决。父亲邀来几个伯父专门开了个会，最后一致认为念中专太浪费"材料"，就接着念了高中，进入县里的一中。刚进县里中学时，成绩一般，后来就赶上来了，高一高二时，一直是前六名，到了高三，从没有跌出过前三名。在高二时曾参加过一次少年班考试，那是1992年的事，分数考得不低，完全可以进入一个重点大学，但少年班考生只有一个报考志愿，小蔡志愿填得偏高，最终没有被录取。小蔡高三时参加高考，报了北大，但发挥欠佳，成绩不理想，只考了学校第七名，602分，北大不够，少了28分，后服从分配被华东理工大学录取。接到录取通知书时，小蔡哭了。

　　二哥中考时也以优异的成绩赢得了入学省中专的资格。当时家里实在供不起再一个孩子上大学了。父亲说，如果考上中专就得念了，最终二哥只好去念了中专。念了4年中专，分配工作不太理想，单位不景气，经常发不出工资。现在到一个单位做绿化规划工作。

小蔡回过头来看，觉得读书确实有用，可以改变人的命运，这一切都得感激父亲。

小蔡在农村长大，乡下的事蒙不了他。小蔡认为实行家庭联产承包责任制确实对农民有莫大好处，农民对土地有热情。现在解决温饱基本没有问题，就是钱不够，更没有条件让孩子上学，因为学费太贵。农民种地一点儿都不挣钱，基本等于白干。农民要想富不能光靠减负，就是把农民身上的负担全部减掉农民也还是富不起来。小蔡认为要想让农民富裕起来，最终还得靠多渠道为农民拓宽收入来源。农民富不起来，中国就不会真正地富起来。有人说下岗工人苦，但和农民的处境相比还是相对要好一些。中国的农民非常老实，如果你要扒他的房子，他没有办法，只会给你下跪。如果在城市，工人肯定不干，会和你抗争，拼命。农民逆来顺受，又没有文化。但小蔡爸爸有文化，如果农村乱收费，就会和村干部理论，要文件，一要文件这些人就走了，可一般农民就没有办法了。又比如，大哥当兵，按规定有军属补贴 400 元，村里给扣了，爸爸就去找他们讲理，说你要是扣，我可以找武装部，找省里，中央也行。这样他们就只好给发下来。你不争，他们就会欺负你。现在虽说温饱问题基本解决了，但读书几乎不可能，小学就要收 1000 元，根本拿不起。

大学对小蔡的"改造"很大。他上大学时年龄非常小，16岁多一点儿。大一大二做生活委员，干了不少零碎活，比如大扫除、卖澡票之类，大三时就当了班长。他家里虽然困难，但每次学校有补助，都让给了别人，这是小蔡的一贯作风。自己再想辙，到社会上打工，比如做家教等等。后来的事实证明，这样做并不吃亏，有闯劲，自立自强，包括能够出国都与此有关。

当班长时，他发起了一次全班"脱贫"活动：不是经济上的，是消灭班里的不及格现象，帮助落后同学，让厌学的同学求上进，后来全班 24 个人没有一个掉队的，也没有转专业的，全部毕业，他们学的是环境系的腐蚀与防护专业。他领导的班级在一年内就"脱贫致富"，不仅扫清了以前大面积不及格的现象，而且成了三好集体，社会活动也搞得不错。

本科毕业时，有保送研究生名额，如果按学习成绩和所获奖项等硬指标，他肯定在其中。但考核标准人为因素很多，比如英语六级通过了，应该是个硬杠，但把它定得系数很低，又比如社会工作，小蔡做的是班长，是个最重要的岗位，但学生会的分数定得高，班长定得低，结果他被挤出保送名额之外。

小蔡当然不服，但给他的解释是肯定能考上研究生。小蔡很生气，心想要是考不上呢，只有回湖南老家了。

看来只有靠自己了。但家里经济条件实在不容许，他就去打工，暑假时去一家食品厂做月饼，打夜班，白天睡觉，有人替他担心，说这样还能考研吗？但此时生存是第一位的。这个暑假一共挣了700多元。这期间和食品厂吵了一架。原因很简单，在班上，小蔡他们已经把活干完，想早下班，小蔡有自己的打算，回去好早点儿休息，第二天复习功课，但单位领导很机械，说在这待着也不准走，于是他领头和厂里讲理，最终厂里妥协。

小蔡考研得了372分，考了个全系第一，录取线是330分，超额不少，使得他得以顺利继续硕士研究生的学习。他于1996年入了党。小蔡在资源与环境工程学院学生中威信很高，民意测验时，他得票率最高，不是多数人说好，是全部都说好。

小蔡2000年第一次申请到美国读书，来了一个录取通知书，但没有奖学金，到美国读书的费用对中国人是天文数字，只好作罢。

毕业后，他被一家上海的国营企业录取了。但学校却让单位交15000元的培养费，这个企业不愿交，学校就要把他的档案打回老家，但企业说，打回去我们再录取，于是档案就打回老家了，挂在株洲市人才交流中心。后来这家企业到底还是把他录取了，回到上海。这是个百年老字号，在这个厂里，他呆了约一年半，收入是底薪3000元，还有饭贴、车贴，给房子住，条件还说得过去，只是与自己所学专业距离太远。后来他离开了这个厂，进了一个研究所，是做环保的，与所学专业对口，是被挖过去的，研究所希望他长期待下去，把所里的工作撑起来，主任都老了，对他寄予了很大希望。

这个研究所做水处理、废气处理，规模不算大，效益却不错，是事业单位性质，如果每年的项目能够做到 800 万就非常可观了。个人收益也不错，他的底薪是 4000 元，还可以提成，这还是做技术工作，将来如果做到管理层，比如做主任、做技术把关，收入还会再增加。一个项目拿来，毛利多少，个人提成多少，一算，这个项目就很可观了，于单位、于个人都有利。他在这里干了半年多的时间，干得很舒心，还经常跑工地，主任定大方向，细节由他来做。但他一直还在想着出国的事。

他是在念研究生时考的 GRE，读研究生时间比较富裕。他考了 2130 分，那是最后一次笔试，能考到这个成绩已经很不错了。只是对托福有些忽视，只考了 567 分，少了点，可能第一年申请没奖学金与此有关。工作后又考了一次，考了 627 分，说得过去了。

考 GRE 好辛苦啊，白天老师在上面讲课，他在下面背单词，晚上都是熬到 12 点钟，枯燥得要命，那些背过的单词可能一辈子再也不会见面了。一共得掌握两万多个单词，平时三四千个就足够用了，GRE 把人考得神经兮兮的。

不过拼过 GRE 以后，小蔡觉得英语能力大有长进，以前阅读文章，一句话里总有几个单词不认识，现在一点儿障碍没有了。即使跨学科也没有关系，比如化学、生物，一通百通，得心应手。

考 GRE 前后一共用了一年时间，单词背得非常扎实，考完后都可以做老师了。有 GRE 培训学校曾拉他去教课，一小时 150 元。他对英语单词有独特的理解，可以进行庖丁解牛式的分析，字根、前缀、后缀，单词就是这些东西拼接起来的，比如 A 与牛角有关，Z 是上帝，即"宙斯"的第一个字母，先找一般规律，再记特例，容易多了，这是窍门。

2002 年这次申请很顺利，他来了三个 Offer，选了其中一个，踏上了赴美留学之路。

二、小蔡留学

小蔡人很聪明，性格又开朗，来美国以前经过考托福考 GRE 及去领事馆签证，可谓身经百战。在美国大学读书没有遇到太大的压力，做实验只有两年时间，文章已经发了 10 多篇（杂志文章 4 篇，其余为会议文章），应该说成绩还是不错的。美国教授不能一概而论，有的水平高，有的也很一般，有的为人很大度，很有人情味，但也有的冷漠，心胸狭窄。其实教授的压力并不比留学生小，甚至会更大，因为在规定的年限内必须评上终身教授，评不上就会被解聘，丢掉饭碗，这种情况在非美籍教授中更为明显。因此处在这种状态的教授就会想方设法出成绩，要好的实验结果，好的论文，对学生要求严格，甚至严苛。大部分中国留学生家境贫寒，得到奖学金不容易，拿到签证更难，因此非常珍惜留学生这个身份，学习和做实验都非常刻苦，同时在生活、学习、工作、心理上又都承受着巨大的压力。国内人觉得海外留学生，尤其是在美国的留学生都生活在天堂里，但遇到的难处只有留学生自己最清楚。如果遇到学识渊博、为人宽厚的导师，算是福分，反之就惨了。

小蔡学习和实验一路比较顺畅，在中国留学生中也很有威望。前些时候他和几个同组的同学去康涅狄格大学参加学术会议，他的实验已经取得了一定成绩，获取了大量数据，2006 年就能拿到博士学位。

小蔡觉得在国内工作过一段时间很有必要，工作与不工作大不一样。比如有些设备，没有工作过的连名都叫不出来，但工作过的有实际经验，驾轻就熟，动手能力很强，工科大学很讲实践。另外就是对社会的了解，在国内工作过一段时间积累了一些社会经验，这样，出国后才能够给自己确定一个方向，不会盲从，随波逐流。有些留学生从来没有接触过社会，大部分知识都是从书本或网上得来的，导致看问题比较偏激，看国内阴暗面多，似乎美国一切都好。还有的在国内对工作挑挑拣拣，在美国却是让干啥就干啥，脾气也没有了。在美国，留学生中有的学得不错，增长了才干，有的参加了工作，工作也很顺利。但也有的不尽如人意，甚至还有的很不适应。比如，有的留学生出国时年龄已经很大了，本来在国内已经有了自己的事业，有的还有了相当的地位，甚至在国内已经取得了博士学位，再在这里一读好几年，毕业后年龄已经超过40，如果能在学校找到教授的职位还好，但到社会上，在公司工作，年龄明显偏大，很难有更大的发展。

小蔡在美国做过一次手术。那段时间肚子疼得厉害，有时早晨就会疼醒，后来上医院一检查，诊断是胆囊炎，只有做手术了。多亏在美国买了保险，不然这场病就能让他倾家荡产。这次手术总共花了两万多美元，个人只出了近十分之一，其余由保险公司支付。如果全让个人拿，根本没这个承受能力。但美国的医疗技术实在不敢恭维，小蔡的评价是手术是一流的，但诊断绝对够不上一流。手术确实做得漂亮，刀口缝合好，术后不感染，恢复也很快，只是手术后症状并不见好转，肯定没找到病根，说明诊断有问题。小蔡的假设不幸得到了验证，最近他回来看病，诊断出来了，胆是无辜的，这种病叫胆汁返流性胃炎。

另一档子就是撞车这件事，小蔡想起来就气不打一处来，明明是小蔡有理的事，但投告无门。都说美国是个法制社会，但也有不讲法理的时候，法律对无赖无能为力，如果撞车者上过保险，这事早就由保险公司解决了，而且据说如果赔付，肯定吃不了亏，甚至会得到比原车更高的赔偿。可惜对方未上保险（这本身已经触犯法律），完全可以把肇事者告上法庭，但律师不愿接这个案子，估计是无利可图，而且还在劝小蔡，即使告赢了，把对方判个拘留，十天半个月也就出来了，对小蔡也没有任何好处，钱，对方肯定是一个子儿也掏不出来的，有钱早买保险了。唯一的结果就是小蔡自认晦气。那些日子只好搭别人的车去超市买东西，没车太不方便了。

多亏小蔡想得开，否则非窝囊出一场病来不可。但想得开是一码事，法律不健全是另外一码事。以后，谁要是说美国法制如何如何，肯定在小蔡这里是要打些折扣的。

三、学生会的"小秘"

小蔡是一个古道热肠的热心人，尤其热心社会工作，这在国内和国外是一样的。他在辛辛那提大学学生会工作的职位不算高，是个秘书。所以同学们经常逗他，称其为"小秘"。

他是在来到这里的第二年担任这个职务的，当然直接原因还是自己的切身感受。

2002 年，他刚踏上美国的土地，白手起家，生活非常艰难。他记得自己当时的处境，把他从机场接来之后，就再也没人管了。后来有个中国留学生邀请小蔡与他同住，小蔡去了，这是个阁楼。那个同学想找个伴，一块签下这个房子。小蔡刚到美国，给家里报个平安是非做不可的事，就用屋里的电话和家里通了一次话。这个学生有些计较，后来小蔡才知道美国打国际长途非常便宜，他觉得与这样的人肯定住不来。第二天就要搬出去，可这个学生说，你已经过了 12 点，算两天，得拿 10 块钱，小蔡觉得心里直发冷。他搬到了另一个住处，条件也不算太好，而且很贵。新生初来乍到，人生地疏，很难找到合适的房子。刚来那个星期一直没开伙。没有车，每天都是自己到超市去背，只能买牛奶、面包，省得再加工。屋里连微波炉也没有，只好吃凉的，吃完就拉肚子。后来做了第一顿热饭是煮的面条，觉得特别香，第一次吃了热饭。

小蔡觉得，新生遇到这些事，不光是学生之间的事情，学生会也有责任。在他担任秘书工作以后，非常关心入学的中国新生。那年有个学生会的人给他打来电话，说有个新生没地方住，小蔡脱口就说，到我这住，对方感到非常吃惊、不理解，天下竟有如此的好人？这个新生一直在他家住了一个月。一人睡一个床垫，一块吃饭，后来他们成了很好的朋友。

中国留学生会经常搞一些活动，比如类似中华之夜这样的活动，大家一起会餐，非常热闹。但在学生会，他也见到了一些令人不太愉快的事情。

有人曾提出这样的要求：在学生会工作也应发工资。小蔡非常恼火，认为真是岂有此理。学生会本来就是为学生服务的，无偿的！这是一种义务，一种责任，一种修养。何况，做社会工作，还可以得到锻炼！你要求发工资，发多少，500美元，1000美元，你能发财？如果参加工作，可能一个月就是10000美元，这点钱算个啥？穷疯啦？小蔡明确表示，如果学生会要发工资，他坚决退出！

还有这样一个学生，学生会全体成员开会时，他赶来旁听。刚听了几句就发表高见，说，你们的宗旨是什么？他们说是搞一些社会活动，把学生团结起来。这个学生又说，你们这是具体问题，根本不算宗旨，要说宏观的。然后他就开始滔滔不绝：什么学生会应该公开竞聘、竞选，由学生投票等等，他的老婆也来了，在一旁帮腔说，你们搞中国那一套是行不通的，你们这样做是什么也搞不成的。等他们两口子说完了，学生会的同学说，你会做什么，他说自己是网球一级裁判，他有能力组织一场网球比赛。大家说好吧，你就来全权负责。第二天他打来电话，说，你们能不能把网球场租来。小蔡说，学生会只管预算，具体负责是你，由你来办。谁知从此就没了下文。为这场球赛，学生会还在网站上打出了广告，活动没有搞成，还得出面做解释工作。这种人眼高手低，目空一切，一点儿具体工作都不愿做，也不会做，干一点儿活，得有10个人伺候，当惯了大爷。这种人在学生中很常见。还有的光想当甩手掌柜的，只要名不干活，将来在履历表上写上一笔就行了。

四、小蔡的网恋生活

小蔡的爱人是在网上认识的。研究生毕业后，小蔡在学校滞留了一段时间，没事就上网聊天。后来在网上认识了一位女孩。

聊了几次后，知道她是同济大学毕业生，已经参加工作了。又过了一段时间，就开始通电话。又过一两个月就见面了。小蔡说，不是一见钟情的那种感觉，是感觉还可以。因为在网上已经聊了很长时间，彼此相互有了足够的了解，这才相约见面。她来到了小蔡的学校，感觉小蔡的学识人品都不错。2002 年两人结婚。当年 9 月份，小蔡就来到美国。2003 年，爱人也随后赶到。

想想当年签证时，小蔡觉得很有趣，签证官问他是怎么找到老婆的，回答是在网上，这位签证官很惊讶，觉得网恋只有电影里面有，现实生活中还没有见过。这个签证官已经 40 多岁，看来早过了网恋的年龄。有趣的是小蔡在结婚登记的时候，碰上一对，也是网上认识的。看来年轻人网恋还是能接受的。现代人生活节奏快，很难碰上合适的异性，工作单位范围太小，选择的余地很少。如果在大街上看上一个顺眼的，上来就明侃，那不是要流氓吗？还是网上好，能磨得开面子，谈得拢就谈，继续交往，加深交往；谈不拢就拉倒，跟别人再谈。

小蔡还和我谈了一个敏感的话题，就是将来的打算，是留在美国，还是回国。小蔡的回答十分肯定，他是要回国的，而且是经过慎重考虑的。

应该说，来美国的中国留学生很多都留在了美国，在美国找到了工作，而且收入颇丰，生活得很不错。但在小蔡看来，留下来就能很清楚地看到自己的未来。比如，博士学位拿到手后，再做博士后，然后拿绿卡，房子、车子、票子是不成问题的，接着把孩子培养起来，让他完全美国化，不要像自己一半洋一半土……这样的场景已经在小蔡前面一幕一幕地掠过，再熟悉不过了。在美国待下去，就像这样，一碗水看到了底。如果回国呢？前途难测，但难测正是魅力所在，是挑战，发展空间很大。小蔡说，他现在觉得有力气没处使，他很难与美国这个社会沟通，找不着切入点，美国人的家庭观念很重，休息时就是躲进小楼成一统，或者自己一家人到野外去玩。

不过，他正在考虑回国的方式。如果直接回去，他觉得非常不值得，并没有对美国社会有多深入的了解。他想取得学位后，先在这儿工作几年，主要是想学会美国大公司的运作方式，同时争取这个公司到中国去发展，但这个时间不会太长，两三年也许就够了。

在小蔡的同龄青年中，从小受过这么多苦的已不多见，但苦难没有把他压垮，我见到的小蔡永远那么乐观、开朗，笑声不断。我想这除了性格本身的原因，更重要的还是心胸、境界，这是一种积极的人生，他觉得明天的太阳肯定比今天更灿烂。

忘不了那栋蓝房子

张强，男，1979 年生于皖北的一个小县城。1985
年上小学，1996 年考入清华大学环境工程系。2000 年
毕业，进入清华大学核能所读研究生，2002 年获硕士学
位，2003 年赴辛辛那提大学环境工程系攻读博士。

第一次与张强见面是我刚刚到辛辛那提的时候，他与我家孩
子一块到飞机场接站。张强是我孩子的室友，我们在一个屋檐下
共同生活了一个月的时间。

这是一栋宝石蓝色的三层小楼，离学校很近，步行只要五六
分钟，门前有一棵大榆树，树冠很大，枝繁叶茂，房后有一片树
林，整个小楼掩映在一片绿色之中，连射进房间的阳光也是绿色
的。辛辛那提是座幽静的城市，这条不宽的普拉巴斯克小街更加
幽静，我有一种奇怪的感觉，这座蓝色的小楼就像一个风平浪静
的蓝色港湾，安谧而又温馨。

张强个子不算高，更称不上健壮，留着大多数留学生一样的
小寸头，走在留学生的人流里，很快就会被湮没。然而给我留下
深刻印象的是小伙子清澈的目光，与他接触有一种清风扑面的感
觉，作为家长，打心眼里喜欢张强这样的孩子，在他身上还保留
着一种洁净，一种率真，一种诚恳，一种透明的本色。

一

张强的生活很简单，简单到了极点，很早就离开蓝房子去学
校，中午一般不回家。晚上一进家门就系上围裙做饭，那个围裙
不太合身，有点儿长。和他搭伙的是另一个中国留学生，叫张

铠，两人手脚倒是挺麻利，一块忙活，不一会儿就坐在桌边大吃大喝了。大多数时间，他吃过晚饭还要到实验室看一遍，很晚才回来。留学生的生活单调而有规律，像物理学中的简谐振动：学校—家门，家门—学校。

后来张强买了一辆二手车，开始学习驾驶，是带学带不学的那种，师傅就是张铠，小伙子进步挺快，一个月竟把驾照拿下了。

这栋蓝房子没有安装宽带网，只能用那种吱嘎乱叫的"猫"上网。那天晚上，孩子走进我的房间问，爸，你在上网吧？我说是。孩子说，晚上这段时间最好别上网。我说行，反正我是个闲人，有的是时间。孩子说，咱们共用一个电话，张强每天晚上都要打电话，给国内的女朋友。

哦！这种事是不能搅乎。

待在一起的时间长了，张强跟我谈起了他和女朋友的事。

他们是在网上认识的，还是2000年在清华念研究生的时候。虽然相识是通过网络，但他们的恋爱不属于人们常说的那种网恋：一聊好几年，爱得死去活来，一个含情脉脉，一个风流倜傥，其实这些都是想象中的，到头来不过是"见光死"。在虚拟世界里把对方想象得太完美，禁不住现实的考验，一见面，觉得对方不过是"青蛙"、"恐龙"，形象不佳，谈吐粗鲁，气质不够高雅，正所谓"树怕扒皮，人怕见面"，虚构的大厦顷刻倒塌，所以称为"见光死"。

张强不是那种把感情当作游戏的年轻人，相反，他的感情很专一。网上聊了一段时间，两人就见面了。女朋友老家在安徽南部，与自己是同乡，自然有一种亲近感。她在人民大学新闻系读书。不是那种风风火火的女孩子，性格很沉静，这一点与张强挺投缘。他们的感情发展不是洪水开闸式，一泻千里，倒有点儿像江河的源头，涓涓小溪，细水长流，越流越宽。

张强本应2002年出国，但出师不利，签证被拒，眼瞅着秋季开学赶不上了。他与大学联系，美国老板很仗义，入学资格、奖学金悉数保留。

5个月以后，也就是2003年的2月份，他终于拿到了盼望已久的签证。但此时，他已经激动不起来了，也许是时间拖得太长，神经有些麻木。更重要的是，他在拿到签证的那一刻，马上想到了女朋友，近半年苦闷的时刻，给他带来安慰的是这种感情的支撑。他曾不止一次地对自己说，不走也好，在国内也不错。

他很快打点了行装，在春季开学前来到了辛辛那提大学报到。

美国大学大多采取学季制（Quarter），即一个学年分成秋、冬、春三个学季，每学季计有11周。辛辛那提大学也实行学季制，通常学习进度十分紧凑，暑假期间也开课，并无硬性规定。对此，我国一些大学也有所借鉴，试图与美国大学学季制接轨。理由之一就是中国大学开学时美国大学放假，我们放假时人家开学，交流很不方便。但实际实行过程中并不理想，原因是多方面的。因为美国的学季制有明显的国情因素，比如他们的冬假在圣诞节期间，类似中国的春节，前后差了两个来月，所以中国采取的学季制，包括春季招生制度并未流行开来。与此类似的还有夏时制，实行了几年最终都流产了。

对于一个留学生，只有20多岁的青年来说，美国是一个陌生的国度，他们踏上这片土地，生活、学习、工作，自然有许多不适应之处。但此时的张强最想念的还是远隔重洋的女朋友。有一天，他向老板正式提出，请假回国，老板怀疑自己的耳朵出了毛病，刚来两个月就回国，太不可思议了，从来没有发生过这样的事情。老板当然很恼火，要知道，留学生在美国的一切开销，包括巨额的学费和生活费，都出自老板。

我曾问过张强，为什么这么短时间就要回去？

张强说，当然是感情因素，就是想回去，一刻也不能等了。再说签证半年内有效，而且可以两次进出。

我问，你考虑后果了吗？

张强说，当然考虑了，我想了很长时间，老板可能会拒绝，不准假；可能留下很坏的印象，长时间不能改变；也可能一怒之下把我赶走；幸运的是我已经做了最坏的准备，发生什么事情我都认了。幸运的是一切都没有发生，老板虽然不高兴，但很大度，准了假，他一直对自己的老板心存感激。他终于见到了朝思暮想的女朋友，为了这次见面，他付出很多，包括来往不菲的机票。后来他又回去过一趟，一年回国两趟，在中国留学生中很少见，来回花费不说，签证风险太大，有很多先例摆在那里，返签被扣住的大有人在。当前青年活得很实际，特别是留学生，出国后爱情与婚姻出现了很多悲剧，张强的忠诚与专一实在难能可贵。

现在张强每晚都要和女朋友通一次电话，雷打不动，辛辛那提与中国时差 13 个小时，如果实行夏时制，正好是 12 个小时，美国的深夜应该是国内的正午。他非常珍惜这份感情，女朋友是独生女，脾气很好，人长得不错，个头也很高。张强的父母见了挺喜欢，相处也很和谐。双方了解得越来越深，分手的风险也就越来越小了。他俩都到对方的家里去过，已经得到双方父母的认可。张强想让女朋友读完硕士后，到美国继续求学。

二

张强的老家在农村，3 岁的时候，在财税部门工作的爷爷把他接到城里。张强记得很清楚，爷爷特别疼爱他，领着他走街串巷，还经常到老干部活动室里玩。4 岁上了幼儿园。随后爸爸、妈妈还有妹妹全都进了城。

爸爸回城是接爷爷的班，开始学财会知识。因为没有基础，一切都得从头学起。那次县里举行财税考试，爸爸考了第一名，引起领导重视，选派他到外地进修。这一去就是 3 年，半年才能回一次家。那段时间，家里生活很艰难，妈妈每天也要在外工作，工资又少，省吃俭用，炒鸡蛋都算是改善生活。

张强上学早，1985 年上小学时才 5 岁半。当时，他又小又淘，学校不愿意收。多亏有位邻居任数学老师，收在她班里。张强从小就表现出语文特长，爱看书，只是数学粗心大意，老出错。那次老师把二年级的数学竞赛题拿给他们做，张强根本没放在眼里，以为三年级做二年级的题是小菜一碟。等成绩一出来，张强只得了 75 分，数学老师气坏了，把他拉到外面罚站。那是一向温和的老师少有的一次发脾气。张强非常懊悔，以后加了小心，学习也刻苦了。

张强从小就喜欢看书，这个习惯到长大后也一直没变。小时候看小人书，家里的看完了就租书看。上小学时就看完了四大名著，是跳着看的。后来学习文言文时一点儿没感到困难。父亲有次出差给他买回一套《世界名著连环画》，他非常喜爱，反反复复地看，红褐色封皮，里面图文并茂，一共 15 本，摆在书架上很气派，而且至今还摆在他家的书架上。这是他最早的外国文学启蒙读物，他最欣赏的是西方神话故事。

1990 年小学毕业，张强考到县里一中。这时他调皮的老毛病复萌，入学后第一次期中考试还不错，数学考了满分。但以后就放松了，开始看武侠小说，坐着看，躺着也看，有名的看，无名的也看，不长时间就把眼睛看成了假性近视。看多了就开始写，自娱自乐，武侠小说情节雷同，有套路，比如年轻少侠，遭灭门惨祸，流落天涯，吃了仙果，功力大长，遇到武林前辈指点，练成神功，从此无敌天下，横行江湖，扫平黑帮，报了血海深仇——都是很烂的故事。

其实在县城，真正的好书捞不着看，只能有什么看什么，那时爱看的书还有聪明的一休，卡通的，还有故事会、故事大王、民间故事，等等。他很爱看民间传说，但这些故事的内容重复得厉害。看来看去，他就看出了门道，民间传说不是传说的，是人瞎编的，明白了这层道理后觉得很失望，从此对民间故事兴味索然。

初中二年级后上课精力不集中，好和别人说话。成绩一路下滑，有一次竟考了第十几名。爸爸气得脸色发黑，但没有打他、骂他，更没有罚他站，只是坐在那里生闷气。张强呆呆地站在一旁，心里很难受，真不如挨一顿打心里痛快，觉得再这样下去对不住父亲。这时家里的生活条件好多了，爸爸算得上模范丈夫，按时回家，给他们做饭，下班后从不在外面打牌、喝酒，怕孩子们挨饿，一直坚持了十几年。张强深受父亲影响，包括为人处事。

不过闲书也没白看，文学修养长进不小。语文单科总考第一，考第一的还有美术、地理这些副科，数学、物理也不错，但化学和英语不好，尤其是英语，一直到初三还是跟不上。这时来了一个新老师，教学很有一套，张强成绩有所提高，勉强能达到70分了。化学是突然开窍的，化合价弄明白了，以前其他不明白的东西一下子透亮了，学习兴趣也就上来了。毕业会考就考了个全校第一，这个成绩一直保持下来，继续在一中高中部学习。

高中教学质量很高。班主任是个教英语的女教师，是安徽大学英语系毕业生。这个教师课教得好，尤其是语法讲得很透彻，张强英语成绩提高很快。这时的张强懂得用功了，成绩开始一直保持年级第一，而且各科成绩均衡，并不偏科，是老师的骄傲。高二时分科，本来语文不错，曾有过短暂的犹豫，但觉得班主任带理科班，就跟着班主任走了。

张强所在的学校有一股小小的足球热，会踢球的同学很威风，很受同学敬重。有个同学球踢得好，学习也很优秀，现在美国德克萨斯州读书。张强受他影响很大，也逐渐喜欢上了踢球，这个爱好一直保持到现在。现在在辛辛那提，每到周末，他最大的享受，也是最放松的事，就是邀上室友张铠一块去绿茵场踢球。

张强曾在高二的时候参加了一次高考，成绩不错，语文考了全市第一，把高三应届毕业生甩在了后面。但他只是想试一试自己的实力，并没有认真考虑过申请哪所大学。在他们学校，高二期末已经把高中的课程全部学完了，只差强化训练了。

县城一中10多年前曾有一个学生考入清华大学，后来就再没出现，倒是常有考进北大的。有了那次预考，再说模拟考试一直保持全校的第一或者第二，班主任就鼓励张强报清华大学。1996 年张强参加高考，成绩不错，647 分，列全市第一，这个成绩在阜阳地区排四五名。那年清华大学在安徽的录取分数线是620 分。

接到清华大学的录取通知书时，他只有 16 岁。

应该说，张强这届大学生是最幸运的一届，因为从他的下一年，大学开始"并轨"，说白了就是提高学费，这对于家庭经济条件差，特别是农村的学生可以说是沉重打击。

进入清华大学的张强心理准备不足，他高中学习成绩优异，大半是凭着脑子聪明，并没有费多大气力，再加上年龄小，自制能力差，贪玩的毛病又卷土重来，学习有些放松。他原来就喜欢看书，现在算是如鱼得水，大学里就是不缺书，他有时间就泡图书馆，不过不是读专业书，而是读闲书，凭兴趣，看人物传记。其中有关拿破仑的、克林顿的，关于希特勒的也看，还有一些历史读物。后来又开始玩游戏，买了电脑，成绩在班里属于一般化。

这段时间，张强感到有些失落。其实这是清华大学带有普遍性的问题，尤其是在大一大二期间。进入清华大学的学生，听惯了赞扬，一路春风，一路顺畅，进入了这所令国人仰慕的大学。张强年龄小，又贪玩，稍一松懈就可能在学习上落后。这段时间，张强生活比较沉闷。在中学时，遇到这种情况，稍加努力就会迎头赶上，可在清华大学这样的大学，一时半会摆脱这种局面谈何容易。

在这种状况下，对学生来说也是一个考验，考验你的精神承受能力。有的同学度过了这段精神苦闷期，学习成绩很快赶了上去；但也有的就此灰心丧气，学习一落千丈，甚至能否毕业都成了问题；还有的承受不住精神压力，患上了心理疾病。然而在工科大学有一个普遍现象，女孩子的学习成绩一般好于男生，因为她们兴趣比较专一，不大管其他的事情，男孩子的兴趣可能广泛一些，思想更开阔一些，比如做些社会工作，干些实际工作，与外界交往，呼朋唤友，反正很难把心思全部用到学习上。张强班里就有这样的女同学，学习非常好，好得不可思议，比如大学物理考试优良已经不易，但这个女生竟连续几次考满分，让物理老师不得不点头称赞。其实在清华北大这样的名校，学习成绩能保持在前五名之列已经是很优秀的学生了。越往高层读书，考试成绩的作用越退居其次，比考试分数重要的东西还有很多。

张强读大三的时候，开始学专业课，感觉找回来了，自信心也增加了，学习也开始抓紧。本科毕业时，他被推荐到了清华大学核研院，读研究生。

清华大学历来出国之风很盛，有一部分本科毕业就出去了，也有读完硕士出国的。既然在清华是一种潮流，张强也开始动了心思。在大四毕业设计的学期他报了新东方GRE班，在当年国庆节时参加了考试，考了2290分。后来又参加托福考试，分数为637，也是个不错成绩。

在研究生第二年时，他感觉时间非常紧张，一是要准备出国，二是要毕业，还有一些社会工作。但此时的张强已经学会合理调配时间，特别是托福、GRE已经考完，自信心很强。整个核研院共有100个学生，其中当年有20多个申请出国，但多数专业太敏感，申请难度很大，实际出国的并不太多。他算是比较幸运的。

三

张强顺利地得到了辛辛那提大学的Offer，这时是4月份，从考托福考GRE，到获得全额奖学金，一切顺利。张强已经做好出国前的一切准备。

可是签证受到了很大挫折。

对赴美的留学生而言，最无法预测的是两件事，一是得到Offer，二是签证。因为考试对中国学生并不难，经过主观努力可以达到，但得到美国大学的奖学金与签证就不是自己说了算的事，有很大的运气成分。比如奖学金，你必须各方面足够优秀才有可能得到，但不是优秀就必然得到，可能性与必然性之间还有很大一段距离。中国学生习惯考试，习惯靠分数说话，所谓一张考卷定终身。但美国大学的录取与中国观念很不相同，托福、GRE 的分数，毕业大学的名气，在大学的成绩排名，这些"硬杠"都很重要，没有一样不重要，但这远不是一切。还有多封推荐信，个人自荐信，以及字里行间显露出来的多方面才能与潜力，除此以外就是运气。至于签证，简直就是撞大运，按理说，录取的学校牛，全额奖学金，英语口语好，应答得体，应该说处于非常有利的地位，签证十拿九稳。然而事实并非如此，一切取决于签证的大气候，近几年，美国经济不景气，特别是"911 事件"以后，签证形势急转直下，有很多优秀学子费劲九牛二虎之力，一路拼杀才站在了签证官面前，但只有三四分钟的时间，就被挡在美国国门之外，中止了留学的脚步。因此这些学生显得很无奈，很无助，进而产生了人生难测的悲叹。北京申请留学的学生有一个不成文的习惯，在三四月份去卧佛寺上香，目的是尽快地得到奖学金。因为卧佛寺与 Offer 谐音，取个吉利。光有录取通知而没有奖学金等于零，一般家庭无力承受美国高额学费和生活费。但奖学金却是迟迟不到，心情十分郁闷，三四月份正是北京春暖花开时节，找个风景幽静的地方散散心是个不错的选择。下一步就是签证了，学生们就要到雍和宫求大喇嘛保佑，有时顺便买个吉祥物或护身符之类戴在身上，以求签证顺利。

一切准备就绪，张强将在 2002 年 7 月 16 日第一次去签证，为了给他助威，父亲和二叔从老家赶来。当时他想得很好，签完证以后带着他们在北京玩几天，然后一块回家彻底放松一下。

进入 7 月份，签证形势突变，清华大学的 BBS 上一片遭遇拒签之声。本来他信心十足，看了这些帖子，不免有些担心，但仍然心存侥幸，觉得不会有什么意外，然而在签证时却发生了他做梦也想不到的事情。

临到他上场时，觉得有点儿异样，他听到扩音器里喊人，但没有人上去。觉得好像是喊自己，但又没有听清，犹豫半天，还是硬着头皮上去了。签证官是个老头儿。一开始他心情有点儿紧张，又有压力，听不清老头儿在说些什么。老头儿很不耐烦，问他是哪个学校毕业的。刚回答几句，张强就觉得不大对劲，一看摆在签证官前的表格不是自己的，而是另外一个人的，就对签证官说，这个材料不是我的。但签证官说，你接着说，根本不予理会。一看就是要拒签，有了这种预感，心里更慌了，又重复一遍，那个材料真不是我的。签证官态度非常粗暴地说，不是你的你为什么上来，你在妨碍我的公务。又问，哪个是你的。张强从里面挑了出来，他马上就给盖了拒签的章子。张强非常震惊，说能不能听我解释，但签证官哪里有这个耐心，根本不给他机会。

那几天真是"血雨腥风"，签过的非常少，清华大学的同学遭拒签的也不少。

张强和父亲及二叔在北京溜达了几天后，回到了老家。后来又约了二签，是在9月3日。女朋友要陪他一块去，他没有同意，因为信心实在不足，不愿意让女朋友看到他再次受挫。果然，这次碰上了公认的"杀手"，三言两语之后，人家说了一句话：我不相信你能回国。拒签的章子就劈头盖脸地砸了下来。

那天从使馆回来，张强先到了中国人民大学，在女朋友那儿枯坐了一会儿。当时心情非常沮丧，难道留学脚步就此中止？与自己同时得到辛辛那提大学Offer的同学，已经漂洋过海到学校报到了。他们本是订的同一个航班呵！可是他呢？孤零零地剩在这里。

此时张强做出一个大胆的决定，档案寄放在学校，把户口转回老家，到上海去办理签证。因为当时签证的形势上海明显比北京好得多。父亲有些犹豫，觉得户口离开北京非常可惜，但张强此时顾不上了，总要做些牺牲吧。那段时间，他一直住在研究生的宿舍里，同学们对他很不错，除了上班就是踢球、聚餐，日子过得倒也滋润。

后来预约去上海签证，时间是2003年2月18日。那年的春节过得非常沉闷，想着过几天就要去签证，心情十分紧张，而且信心不足。那天他来到了美国驻上海领事馆，签证官是一个很帅气的小伙子，态度很友好。小伙子问过几句话后说，你在北京被拒签过？张强就把在北京签证的经过陈述一遍，强调那是一场误会。他说的有理有力有节。签证官听后感到很意外，也很惊讶，并直率地表示：是不讲道理！又问张强做什么工作，张强说是做深度水处理，把污水净化，再回灌地下。将来从美国学成归国后就会从事这项工作。上海地下水开采过度，回灌地下水是很有环保价值和经济价值的。签证官一听，觉得这种工作公益性很强，还能和上海挂上钩，对这种回答很满意。实际上这也是经过苦心构思的，要在最短时间内打动签证官，必须有新意，出奇制胜。这次的结果是没有拒签，也没有马上发给签证，而是 check，也就是检查，盖了个章，说，以后等我的消息，我会打电话告诉你。

尽管张强马上回北京了，这次心情好了一些，情况可能有所转机。上网一查，知道 check 能够得到签证的可能性很大。刚回到北京，就接到了上海的电话，让他赶紧去上海领事馆，但没有说签证是否通过。他的心又悬起来了，赶紧买车票回到上海，是吉还是凶，不得而知。张强来到领事馆，接待他的还是那个帅气的小伙子，他告诉张强，与北京联系过了，问明了情况，再一次问张强回国干什么，张强又说了一遍，接着问了几个无关紧要的问题，然后说，你去拿签证吧。

此时的张强当然高兴，但也有遗憾。主要还是女朋友的事，他已经对签证不太抱希望，并做好了在北京工作的打算。

尽管张强在签证时遇到了不少周折，但他最终还是坐上了飞越大洋的航班，但有些同学就不那么顺利了。这都是发生在我孩子身边的事情。一个同学是在读完研究生以后申请去美国的，一开始他顺利地拿到了全奖，然而在签证时遇到了极大困难。本来他已经与同时得到 Offer 的同学订好了机票，可谓万事俱备，只等签证了。可是签证第一次就受阻，后来连签三次未过。又拖到春季开学，又是三签三拒，到了暑期开学，再签，签到第三次的时候，签证官面露同情之色，奉劝他不要再来了。因为只要被拒签过一次，下次再签证时，签证官除了要找到给你发放签证的理由，同时还要推翻上次的结论，其难度是很大的。如果拒签两次以至多次，可以说难上加难，所以关键是第一签。每次签证费用100美元，折合800多元人民币，三三见九是多少钱，更讨厌的是心理上的挫折，这将在一生中蒙上巨大阴影。在美国我还见到这样一个人。当时他的身份是陪读，男性。这在留学生中是比较少见的。这是个非常优秀的学生，在国内一所名校，是全专业第一名。他那年一下子得了好几个Offer，选了一所其中最好的大学。此时可谓一切顺利，志得意满。有些同学一个Offer也未拿到。然而他在申请签证时却遇到了巨大麻烦，三番五次地签，屡签屡败，屡败屡签，直至彻底绝望。后来燃起一线希望的是他的女朋友申请赴美成功，然后是闪电式结婚，他改签陪读。此时，他的心情非常复杂，像他这种超一流的学生"沦落"到陪读身份是非常屈辱的。所以在签证的时候，他竟然对签证官说，我来过你们这里多少次自己都数不清了，这次再签不过，我再不会踏入你们的门槛，所谓无欲则刚，说话自然硬气不少。但这句话不知牵动了签证官哪根神经，签证官竟然发给他的签证了。所以说签证是撞大运的事，一言难尽。接下来的事情就顺利了。第二年，他在美国重新申请，同样又得到了一个好学校的Offer。结局倒很圆满，但他踏进学校大门的时候，他的同班同学正好进入美国公司大门，算起来前后一共耽搁了5年时光。

张强到美国后，一切顺利，英语一点儿没有感到困难，一开始就敢于主动开口与美国人说话，听力也没有遇到困难。只是老师口音比较难懂，但两堂课下来也就适应了。这和基础很有关系，本科那段基础打得不错，GRE单词量大，托福对听力也很有帮助。

爸爸对他出国很想得开，觉得趁年轻时多闯一些地方不是坏事。妈妈更多的是担心，稍有风吹草动，就提心吊胆，比如伊拉克打仗了，美国大停电，发生了暴风雪，就会打电话问他有没有事。

　　张强在 10 月份已经顺利通过了博士资格考试，剩下的就是专心读书，只等拿博士学位了。我离开美国已经 3 个多月了，至今还很怀念那栋蓝房子，想念一起居住过的小朋友，还有那种身居蓝色港湾的感觉。也许，张强会把那个港湾当作自己的出发港，向远洋挺进，他只有 24 岁，有远大的前程。

小广东的执着

张铠，1979 年出生于广东韶关。1986 年上小学，
1998 年考入湖南大学，2002 年毕业，同年赴美国辛辛
那提大学环境工程系攻读博士。

这是个广东小伙子，黑黑的，瘦瘦的，个子不高。那年到美
国留学的时候，他的美国老板见到后说他是小孩儿。他在向我学
这句话的时候，说的是广东普通话，不会儿化音，是小孩，不是
小孩儿，听来有几分滑稽。再仔细看他确实显得小，在留学生里
是个小字辈儿，读完本科就出国了。在美国的留学生中有一个有
趣的现象：因为在国内读的硕士并不算数，还要重读；本来在国
内是师兄，读研究生耽误了两三年，到了国外反而成了师弟，所
以这些校友到了国外，辈分就得重新论了。

至于多大年龄赴美留学最理想，众说不一，但比较统一的看
法是在本科毕业后比较适宜。如果高中毕业即出国留学，十七八
岁年纪，自制力、适应力、语言能力都比较差，在美国生活与学
习会遇到诸多困难。况且美国很少有为本科生提供奖学金的学
校，因此一般的中国家庭是不堪重负的。但更致命的是这个年龄
段属于人生青春期，转型期，一个中国留学生在美国读完本科，
再读研究生，会很快融入美国社会，适应美国社会。美国的价值
观人生观已经融入血液，因此，毕业回国后会感觉非常不适应，
处处瞧不惯。如果读完硕士学位再出国，还要从硕士读起，经济
上，特别是时间上很不划算。特别是女生，错过了最佳生育年
龄，但为了拿下学位，不敢要孩子，只能等到毕业，找到工作，
生活稳定后再说了。这不能不说是人生一大缺憾。还有年龄更大

的，有读完博士学位，或工作过不少年，年龄超过30才出国的留学生。等读完学位后，已经40挂零，如果能找到终身教授的职位，算是功德圆满，但到公司工作，已经廉颇老矣，看着别人的年轻面孔，自己都会感觉不自在。有位80年代到美国的留学生，出国时已过不惑之龄，"文革"期间毕业的大学生，现在一家公司工作，明年就要退休了，工资微薄，而且工作年头少，积累不多，至今巨额的房款还未付清，一副穷困潦倒的模样。更重要的是这些人的价值观在国内已经定型，来到一个陌生的国度，极难适应。总是处于"永恒的外国人"的边缘位置，这种现象大多缘自出国时的年龄，越大越严重。过得比较快活的还是那些本科毕业后出国的学生们。他们的心理与适应能力已经相对成熟，世界观、价值观初步形成，对中美社会都能适应，中西方的文化差异能够理性、冷静地对待和处理。将来毕业后，无论是回国，还是留在美国工作，都无重新适应的障碍，可以说是左右逢源。只是在本科阶段，课业繁重，还要考下托福与GRE，难度很大。我的一些在美国的华人朋友特别告诫那些在国内已经有不错的工作、收入又很丰厚的人，实在没有必要挤上出国的班车，因为出国后还要重打天下，前途未卜，风险太大，后悔者居多。

张铠在这些留学生中不仅年龄小，而且在国内并非出身名校。这在美国的留学生中并不多见，应该说难度更大，需要很强的个人奋斗精神。真看不出这个小家伙有这么大的韧性与执着。

—

张铠祖籍广东阳江，家住韶关。爷爷曾经是村里的头面人物，也是本村第一个大学生，到韶关当了法院的审判长。奶奶在乡下，带着父亲、姑妈还有叔叔，后来爷爷被下放，不久就去世了。爸爸和最小的一个姑妈来到了韶关，在一个水泥厂干活，后来姑妈出嫁了，姑夫是个司机。

妈妈的祖籍是广东英德。外婆在食堂工作，负责打饭，所以在1960年代没挨着饿。到了70年代，爸爸认识了妈妈，按张铠的话，老爸很了不起，3个月搞定，和妈妈结婚了。父亲是个很开朗的人，属鼠，论起来和张铠还是校友，当年老爸从广东韶关北江中学初中毕业，高中入学成绩很好，但是学校说个子小体重不够，找个借口就把父亲打发了，家里人都知道这是受了爷爷的连累。考不上高中，父亲很是失意，这时一个同学对爸爸说，人生道路不止一条，你上不了学，找份工作也行。此人后来对父亲影响颇大，帮助也不小，爸爸先是挑土方，后来在轴承厂工作，后又转到水泥厂。爸爸当学徒，打铁，活干得很棒，有一次老妈从他的额头上取出一个铁片，是在很多年前打铁时嵌进去的，估计是当时打得兴起，忘乎所以。如果不是因为爷爷，爸爸也许会读更多的书，做很大的事。张铠很崇拜老爸。

北江中学是省重点中学。学校占地面积很大，还有一个完整的足球场，对喜欢踢球的学生来说，感觉相当奢侈。这所学校初中只招市里的，但高中就面向市里管辖的县城，张铠说，那些学生学习很厉害。

1986年张铠准备上小学了。可是那个学校因为张铠不够上学的标准而没有接收，只好去了另一所小学。前面说到的父亲那个同学已经在卷烟厂当个小官儿。卷烟厂赞助这所学校，张铠顺利进了这所小学——红星小学。

小学的学习抓得很紧，但学校男生不如女生，女生坐得下来。张铠倒是学习很好，在老师眼里很乖，听话，学习也好。初中就考上了北江中学。学校虽然很牛，张铠却牛不起来，因为学校里的牛人很多。

张铠刚到这所学校总是找不着感觉。他当时的成绩比较烂，初三换了一个班主任，管理特别严格，而且规范化，情况才有大的改观，学生面貌焕然一新，考高中时形势才变好。大家都想留在这所学校，他自己觉得考得还算不错，但还是差了5分，只好交上7000块钱。这笔钱对张铠家来说筹措起来是很不容易的。这件事对他刺激很大，觉得对不起家里，欠家里一份情，当时心情不好，觉得挺失败的。

　　高中的同学素质不错，比初中高一档。老师也相当出色，特别是班主任，姓蒋，湖南人，穿着很是随意，有 50 多岁。当时每年举行环城跑，他与十几岁的孩子一起跑，一点儿不落后，甚至能跑进前三名。他毕业于湖南长沙第一师范学校。蒋老师的毛笔字写得非常好，板书也漂亮。很多次下课后，值日生都舍不得擦黑板，留着多看一会儿。

　　每次下课时，蒋老师都告诉同学预习新课，第二天一上课就让大家提问题。如果大家提不出问题来，他就会面露不悦之色说，既然没有问题，说明都会了，那么咱们开始测验，然后就是发卷子。他并不是很凶，也很少训斥学生，但对学生的要求很严格，让你觉得不好意思，以后就好好准备了。这是一种训练，也是一种态度，对张铠影响很大。

　　有一次校长对同学们说，你们上自习时，蒋老师总是在后面站着，一看你们的后脑勺就知道你们是不是在看书。

　　蒋老师对张铠影响太大了，以至于在大学考 GRE 时，遇到了困难，还不忘向蒋老师求救。那次张铠遇到了困难。尽管他已经下足了力气，但长进不大，做题还是错很多，张铠彻底丧失了信心，就给蒋老师打电话说：实在撑不下去了，老师救救我。老师说，不就是一次考试吗，放松，对，还像在学校那样，跑步。得到老师指点后他扔下书本就出去跑步。以后每周都去岳麓山，慢慢就调整过来了。登山的习惯一直坚持到大学结束。

　　这个班毕业时高考的成绩非常好，考入重点大学的特别多，有的同学就对老师说，这次成绩真好。蒋老师这回一点儿没客气，说，没考以前我就知道了！这时张铠才知道蒋老师骨子里其实挺傲，别看平时挺谦和的。

　　张铠的高考成绩是 690 分（标准分），他自己觉得尽力了，所以还算满意。

　　他觉得自己的成绩考不上计算机专业，再说，计算机有点儿过热，虚热，将来也不好找工作，降薪非常厉害。他的第一学校第一专业就报了湖南大学环境工程系。张铠填报志愿时，老爸正在外面开会。父亲觉得事关重大，马上赶了回来，拿着志愿表就去学校找蒋老师，老师说肯定没问题，成绩最好的报了南京大学应用数学系。

开学前赶上大洪水。难忘的 1998 年，他没有忘记！是老爸送他去学校的。

大学时各班学风可谓参差不齐。很多新生觉得累了好几年，该休息休息了。60 分万岁。学生们有玩游戏的，也有谈恋爱的，虽说无可厚非，但毕竟会耗去不少时间。年终结账，发现有不少"挂彩"的，挂彩就是有的学科不及格，目标 60，定得太低，60 分就拿不到了。张铠心里非常清楚，大学不好混，特别是工科学校。"挂彩"可不是小事，挂得多了，其结果是不能毕业，或者拿不到学位，灰溜溜地回家。对得起自己，对得起家长吗？其实在大学里学习优异不容易，但真的不能毕业的也很少。都是凭成绩考进来的，谁比谁也差不了多少，除非你自己不想好好学。张铠给自己定的目标不算太高，80 分，但得到这个成绩并不容易。同学之中逃课的不少，有的逃这个学科，有的逃那个学科，女生逃的少，男生多一些。张铠心里明白，其实逃课只要有两回，第三次你也不必再去了，再去也听不懂了。张铠平时从来没有逃过课，他觉得，家里花那么多钱，学费 2800 元，住宿 600 块，宿舍条件不错，不好好念书，实在于心不安。

二

对张铠来说，转折点发生在大二时候，是表姐从美国回国探亲。

张铠的表姐夫是华南师范大学毕业生，表姐毕业于广东民族学院。表姐夫毕业后当老师，在 80 年代末出国。那时刚兴起出国热，华南师大整个研究生楼都走空了。表姐夫也开始申请，当时还没有网络，联系非常不方便，就靠发信。填表靠打字机，打错一个字就得重来，连续申请了两次才成功。GRE 一共考了 3 次，那会也没有什么新东方学校，全靠自己复习，托福也是考了两次才通过。当时 GRE 与托福的分数考得都不高，现在水涨船高，逼近满分。最难办的还是教材，根本没有专门应对 GRE 的教材，只能找一些稍微深一些的专业英语书，纯属凑合。GRE 考试报名由表哥代劳，通宵排队，连厕所都不敢上。

表姐夫第一年申请如石沉大海，没有任何音讯。第二年总算有了回音，但没有奖学金，签证还算痛快，运气不错，没有现在这么难。他们两口子第一次回国探亲时已经是出国 10 年后的事情了。那时表姐夫在英特尔公司工作；表姐先是做家庭主妇，后来找到了工作。

表姐回国时，张铠已经到长沙读大学。他和表姐通了一次电话，表姐问他读完书有什么打算。张铠说，找工作啊，考研也行。表姐说，你想过出国深造吗？张铠所在的大学从来少有本科毕业就出国的，没那个传统，不像清华北大那样有气氛。听了这话觉得很意外，就说，我得好好想一想，我们家就一个小孩，我走了，我妈我爸怎么办？表姐花了 30 分钟做说服工作，终于把他说通了。

张铠不仅口头上答应了表姐，并且真的下定了决心，并且再也没有改变。

首先就要着手准备考 GRE，其实从某种程度上说，到美国留学就是考 GRE，其他只是个程序问题。张铠当然知道 GRE 的难度。

这里得先说一说 GRE 的事，GRE 是美国研究生的入学考试，包括数学、语文、逻辑三门课，各占 800 分，满分 2400 分。这种考试对美国人来说都很难，对中国学生简直是一种折磨，是最枯燥乏味的一件事。但这是进入美国大学的"敲门砖"，没有 GRE 成绩，就没有报考资格。有人说，考 G 一族是大学生中的精英，是在梦想与现实间游荡，是勇敢的冲浪者。如果说高考是通向大学的独木桥，那么 GRE 就是通向美国大学的洋独木桥。有人终成正果，但更多的是铩羽而归。GRE 的难点是背单词，到底需要多少词汇量？有人说两万，也有的说 3 万，是十分冷僻的单词，而英语常用的词汇量不过是三五千。

美国人考GRE考出高分不容易，他们无法相信中国人会考出高分。但这几年中国学生的分数越考越高，考不过2000分想申报美国大学，最好免谈，考2200分、2300分的已经非常普遍，最令人不可思议的是竟有人考出了2400分，一分不丢，中国人太厉害了，是考试机器！

当时长沙没有学习GRE的教材，张铠就托南京大学同学帮助买。同时，还得上新东方学校。但学校在北京，他就求在广东的表哥帮助报名，表哥是跑供销的，当时人在重庆，而且近期不会去北京。这个名也就没有报成。幸运的是，广州也开办了新东方分校，虽然与新东方本部有差距，但大的套路应该不会错，就让表哥在广州报了名。这位表哥成了报名专业户。

这个假期他去了广州，就读新东方分校。住在一个朋友家里。朋友家条件很差，非常窄小，炉子旁边就是厕所。朋友是打工的，给私企老板干活，老婆下岗，儿子正在上大学，生活相当困难。如果老板不开工资，他就用摩托车出去拉客人，这事不合法，偷偷摸摸干的，但没别的出路。然而这个朋友很重情义，很豪爽地接待了他。

这个寒假时间非常紧，张铠争分夺秒，惜时如金，其实新东方并不是神话，只是把人领进门，学得如何还得靠自己。回校后，宿舍条件不好，晚上10点就熄灯了。他就和一个同样准备GRE的同学商量，决定到外面租房子，那个同学的舅舅在北京一所大学当教授，对他很有影响，准备GRE比他行动还要早，张铠开始背单词时，人家已经进行到中段了。

他们在校外租了一间房子，从早晨8点一直学到深夜1点。学校的课怎么办？他就跟老师明说了，对不起，我可能要逃课，需要半个学期，准备GRE考试。大部分老师挺开通，表示理解，而且觉得过去还没有本科生有这么大的志向，这个学生很要强，很上进。

学习GRE当然离不开做题，顺利的时候，很有成就感；但做得不好的时候，觉得自己就是笨蛋一个。一开始两人用笔做，后来就用计算机，两人合伙，张铠提供台主机，同学弄来了显示器，拼成一台机器，这样效率提高了不少。

在此期间，张铠往椅子上一坐，就像一尊塑像，一动不动，同学离开的时候，他在那里端坐，回来的时候，还在那里纹丝不动。有一次张铠向同学请教一个问题，同学回答，你还有不会的？算你狠，给我压力太大了，你简直就是一台机器！

张铠有自己的打算，学习 GRE 必须搞突击，必须在短期内结束，时间长了不光身体吃不消，精神也受不了。久拖不决身心都会垮掉，也许就会前功尽弃。从大二中段开始冲刺，前后共用了四五个月时间。先背了一个月单词，后来上了 20 多天新东方，然后回到学校学习了 3 个月，这学期期中就把 GRE 拿了下来。张铠考了 2220 分，同学的成绩更高，2350。两人都挺高兴，只用了几个月的时间，可以说是大获全胜。

我接触的所有留学生，无一例外地都经历了这道鬼门关的考验，大多回忆起来，仍然心有余悸。如果说，身处名校，比如北大、清华、中科大，这些学校有出国留学的传统，学习 GRE 是一种潮流，是一个必经过程。同学们互相督促，互相激励，有一种浓重的学习氛围，是一种兵团作战。那么，张铠在非名校，周围没有这种氛围，是单兵作战，遇到的困难会更多。但他熬过来了，5 个月，不算短了，这是一种意志，一种决心，一种韧性的考验。

可惜与他共同奋斗了 5 个月的那个同学最终还是没有出来，现在国内读研究生。

GRE 后是报考托福，网上报名，这回没有惊动表可，是在大三的暑假时考的，地点在本校，托福考了 640 分，不算低。GRE考过后，单词量已经很大，水平大涨，托福就很容易过了。

张铠大四的时候开始申请美国大学，但在发信的时候出了问题。他把所有的申请材料拿到邮局，本来应该邮航空信，只要 10 多天就能到达。但第二天才发现邮递员忘了贴航空的标签，走了水路，至少一两个月才能到达，而且很不安全。要知道，他的每一份材料都是费尽心血准备的，有大学成绩单、GRE 和托福成绩、教授推荐信，还有个人撰写的材料，有些材料花了好多钱，还有些是钱也买不回来的，但这一切已经无可挽回。

张铠非常感激表姐，有表姐在美国联系，提供信息，使得自己的申请过程才比较顺利，很快就接到了辛辛那提大学录取通知，是通过 E－mail 发过来的。但就是迟迟收不到至关重要的 I－20 表，没有这张表是无法去办理签证的。此时距离校时间只有不长时间了，但 I－20 表仍然不见踪影。他一次一次地去邮局查，都是失望而归。发电子邮件问，辛辛那提大学的秘书叫 GOOD 女士，中文就是好女士，这个人态度很好，很和善，也很负责任，但 I－20 表归学校办公室发出，好女士问办公室，但办公室却说没有张铠的档案。张铠觉得不可思议，却又无计可施，远隔千山万水，找谁去问，再说马上就得离校，邮信地点都无法确定。这时他又想到了表姐，还得求表姐帮忙。表姐在美国给学校办公室打了电话，原来是把一个与张铠名字相近的留学生弄混了，办事人表示抱歉，决定发快件，一个星期后终于收到，距离校时间只有 3 天了。后来听留学生们说弄错的、弄乱的时有发生，看来官僚主义哪儿都有，美国也不轻。

张铠得的是半额奖学金，只免学费，没有生活费。同时申请签证难度不小，但广东属于经济发达地区，比内地相对富裕得多，所以广东学生出国的热情远不及内地的高，F1 签证的并不多见，广州领事馆在白天鹅宾馆附近，当时两个签证官，一男一女，女签证官是个"杀手"，一会儿就拒了一大批。幸运的是接待他的是那位男士，前后一共 5 分钟，问了一些常规问题，比如半奖问题、资金担保问题，并没有为难，签证非常痛快。如果换上那个女"杀手"，肯定凶多吉少！

三

张铠出国的过程可谓顺风顺水，一路绿灯。但当踏上这块异国的土地后，一个严重的现实摆在他的眼前：他得的是半额奖学金，他带去的2000美元，支撑一个学期都有困难，但他要学3年呵。

切实可行的办法是找教授要钱，但大部分教授的钱已经分光了。那段时间，他挨着个敲教授的门，希望得到一份工作，挣钱读书。

有两个教授有点儿希望，一个教授说有钱，但只能按钟点发工资；另一个是做数学模型的，他给了张铠一本书，说，你先看一看，然后再来找我，说说书里讲了些什么，你学到了什么东西，如果谈得好，可以在这个实验室工作，每个月发1000美元工资。张铠很高兴，功夫不负有心人啊！马上给表姐打电话报喜。表姐问，这个专业是干什么的，一定要弄明白，钱是小事，专业方向是大事，千万不要因为钱而入错了行，你们的行业我不懂，你可以再打听一下。

张铠这才想到专业的问题。他至今非常感谢表姐，是表姐的一句话提醒了他：慎重地选择专业！

这时他记起了第一个答应出钱的教授。那个实验室是搞微生物的，只是钱少一些，而且只能按小时计酬。当时张铠的答复是容他再想一想。然而当时他没有时间，也没有能力对这些专业做一番详细考察并做出比较，他只是隐隐约约觉得微生物方向更好，就迅速做出了决定去找老板。旧事重提，老板并没有计较他迟迟不给答复，很痛快地答应了，这就是张铠现在的老板。

张铠进了这个老板的实验室，按时计酬，每个月得的奖学金是全额奖学金的一半左右，而且没有保证。后来系里有了新规定，不能按小时发工资，于是老板就发给张铠正式的奖学金。这已经是两个学期之后的事情了，当然这一切是张铠用自己的努力换来的，他的勤奋得到了老板的认可。

张铠非常喜欢自己的专业，也很钦佩自己的老板，这个老板很年轻，只有32岁，是伊利诺大学毕业的博士。对研究生说来，最重要的是对自己专业感兴趣，没有兴趣，是非常痛苦的一件事，好在兴趣是可以培养的。比如张铠原本对这个专业并不很了解，所谓选择多少有点儿撞大运，更谈不上兴趣，但现在非常喜爱。有些人选专业很功利，只是看收入多少，其实并没有兴趣，这样干起来并不会有多大乐趣。中国留学生聪明，而且十分用功，干活也实在，你晚上到实验室看看，来来往往的大多是中国学生。研究生做实验非常苦，而且责任重，晚上睡觉都不踏实，说不准什么时候就出毛病，张铠工作非常投入，这是他的师兄弟的一致评价，而且也深得导师的赏识。

张铠研究的方向是个新兴的领域，与生态学很相近。他当初考大学时就曾和老爸说过，最喜欢杂七杂八的事，不大喜欢钻得太深，环境工程与水、汽、固体有关，而且与管理也有关系，是综合科学，正好对自己的路子。他的老板不错，个子是全系最高的，而且很胖，块头特别大，心眼不错，挺豁达。他一共有 7 个学生。从伊利诺大学来这里有四五年了，正是需要出成绩的时候。但没有像其他准备评教授的老板那样把学生逼得太紧，也许他是美国人，比外籍教授压力小一些。老板去年已经有一个博士生毕业，到南佛罗里达大学当了教授。

张铠正在准备到路易斯安那州的新奥尔良市参加一个 WEF（Water Environment Federation，水环境联盟）年会，他有一篇论文将在会上宣讲，题目很拗口，是《对膜生物反应器处理造纸废水中膜堵塞起因的研究》（原英文题目：Examining the initiation of membrane biofouling in membrane bioreactors for wastewater treatment），参加者为各大学水研究的教授，还有一些企业的工程师，如果毕业生想找工作，这是不错的机会。

张铠在 8 月份做完了答辩，取得了硕士学位，他和老板已经谈好，继续读博士学位。

张铠是研究生里为数不多的单身汉，不像师兄们大多成双成对。但他过得很痛快，是个快乐的单身汉，那些日子与张强搭伙，一块做饭，一块练车，一块去球场踢球。

张铠最佩服的人还是老爸，在家里他最爱吃老爸做的菜，和老爸关系最亲，老爸的茶杯他端起来就喝。那个杯子上面有很厚的一层茶垢，闻起来很香，现在还时时想起那股茶香的气味。到美国后，经常和老爸在电话里聊天，买了什么菜，也要通报一声，爸爸就告诉怎么做，他马上下厨房戴上围裙就做。父亲现在在维修车间，是个技师，经验非常丰富，指挥别人干，不用自己动手了。老爸平时很随和，但发起脾气很凶，不用说一句话，瞪你一眼就让你害怕。张铠见到我们特别亲，接着就问探亲手续，乘坐飞机，特别是签证的事，问得很详细，然后就盘算着让他老爸老妈什么时候过来，他很想念亲人。

我对张铠有一件事放心不下。有一天到学校，那是我回国的前一天晚上，在楼道里碰上了张铠，他刚从一间教室里出来，红头涨脸。原来，他刚进行完博士资格考试中的口试，这是最后一项考试。张铠连声说不爽，考官是 3 个教授，3 个教授 3 张嘴，对他穷追猛打，一个问题没回答完，另一个问题又上来了。最讨厌的是，还没说到正题，时间已经到了。看得出，他有些忧虑，不知能不能通过呢！

这件事我还当了真，前几天给他发了一个电子邮件，问及此事，张铠说已经顺利通过了。我放下心来。

黄孩子，白妈妈

一、农场的中秋晚会

2004 年 10 月，我们驱车赶往辛辛那提市附近的一个农场。

辛辛那提的秋天是一年中最美的季节。这个地处美国东部偏中的城市与北京纬度相当，气候也很相似，秋高气爽，本来就清澈透明的天空更加湛蓝而高远。虽届中秋，仍然草青树绿，只有枫叶逐渐转红，透露出秋的信息。

驶过辛辛那提的"当趟"（市中心），滚滚滔滔的俄亥俄河就呈现在眼前，这条河无论从宽度还是气势上看，很像流经哈尔滨的松花江。过了古老的悬索式大桥，已经脱离了俄亥俄州地界儿，进入了肯塔基州的领地。

为什么去农场？因为这里在举行一个美国领养中国孤儿欢度中秋佳节的晚会，洋人也过中国节？挺新鲜！但参加这次活动并非兴之所至，此前我听儿子说起他就读的学校有位美国教授领养了中国孤儿，像对亲生孩子一样，发生在这个家庭的故事委婉动人，而且非常新奇，很想写一篇跨国领养孤儿的文章，但苦于没有线索和机会。

这次活动可谓天赐良机。

在农场，我看到了一个又一个家庭，一般为三口，一个孩子，两个大人，也有的家庭是两个孩子。这些家庭非常特殊，在其他场合很难见到这种人群的组合：孩子是我熟悉的面孔，与我们同种同宗，但父母全部是白人，这是特点之一；第二个特点就是孩子多数为女孩，很少见到男孩的身影。当时人声嘈杂，活动频繁，匆匆忙忙，其中原委，我来不及深思多想。

　　我随着人流参观了农场，参加了美国式的聚餐，最后的节目是本次活动的主题，最令人心动：祭祖。每个孩子从主持人手里接过一炷香，点燃，再插进一个花盆之中，一招一式，挺像那么回事儿。国人如此看重中秋节的已经不多，传统节日越来越淡化，没想到在异国他乡的特殊人群中，这种节日得到了强化。

　　晚会结束时，我们找到了活动的组织者艾琳女士，这是个30多岁的年轻人，身材纤巧，相貌也很清秀，我向她说明了来意：准备写一篇反映美国家庭领养中国孤儿的文章，很想找几个家庭谈一谈。艾琳很感兴趣，欣然答应。略加思索后，艾琳说了几个人的名字，让我稍等片刻，然后匆匆离去。不一会儿，几个美国人已经站在了我的面前。布鲁斯先生一见面就说："我的汉语说得不好，请多包涵。"说的竟是流利的汉语。我大吃一惊，真想不到这种场合竟有如此高人，我不禁赞叹："你汉语说得挺地道，很好。"他说："以前说得更好，时间长了，已经忘了不少。"这句话就是英语了，我听不懂，是儿子翻译出来的。当时见面的还有玛丽等两家。他们在一起说说笑笑，看来彼此熟识，交往密切。艾琳说，我有意找了几个不同背景的家庭，一共是四家，包括我在内，这样有些代表性，可以吗？我连声感谢她想得周到，也从心里佩服艾琳的能力，组织一场大型活动很不容易。

　　其实我对本次采访的成功与否心里并不托底，不知美国人什么规矩，什么思维方式，何况这次采访又是民间性的，私人化的。我考虑过几种结果：她可能会拒绝，理由并不难找；即使同意，做些必要的询问，甚至是盘问也不过分。但她并不问我来自何方，职业如何，意图何在，更没有向我索要盖有公章的介绍信之类。唯一能够证明我身份的只有护照，况且也没有带在身边。在美国，很容易取得别人的信任，人显得很天真，很单纯，大概他们很少有被欺骗的经历。相信别人和被别人相信真好，活着不累，快活，有尊严。

　　二、中国孤儿国际收养的由来和现状

　　在国人的观念中，亲生的孩子被别人领养，是难以启齿的事情，不到穷得揭不开锅，连孩子都养不活的程度，哪个父母也不会如此狠心。中国儿童被外国人领养，更不是什么光彩体面之事，非常屈辱，乃至丧失国格。然而，在我与众多领养中国孤儿的美国家庭接触，特别是采访了几个家庭——我平生第一次近距离接触普通的美国人之后，对国际领养中国孤儿有了一个全新的认识，随着他们的讲述，我的心灵受到了巨大震动，我了解了领养孤儿的由来、抚养过程，以及在其中遇到的难以想象的困难和应对方法，特别是美国人的行事原则与思维方式，让我见到了另一种文明，一种与我们很不相同的文明，从一个侧面了解了这个国家、这个国家的人民，从而修正了我的一些观念，有些观念甚至是颠覆性的。

1. 善举，毁誉参半

领养的起因还是由于弃婴的存在，弃婴是世界性问题，别的国家有，中国也有，平时有，非常时期更多。比如战争年代和特大自然灾害之后，弃婴与孤儿就会大幅度增加。

各国有各国的国情，就我国而言，由于重男轻女的传统观念，独生子女的政策，还有私生子、出生残疾，以及贫困等，使中国每年新增许多弃婴和孤儿，其中绝大多数为女婴。据统计，中国福利院所收养的孩子至少有 10 万之多。每年吃穿用、医疗、教育的花费要支出 5 亿元人民币，这是一笔很大的开销。目前中国已同十几个国家建立了跨国收养合作关系，截至目前，被美国家庭领养的中国孩子大约有 3 万个，现在每年都有 5000 至 8000 名中国孤儿被美国人领养。

被良好的家庭领养，能让这些不幸的孩子感受人生最不可缺少的亲情，也能为中国减轻不小的负担。在我国，负责领养工作的机构称为"中国收养中心"，隶属民政部。我曾经浏览过这家网站，主页面几个大字赫然醒目"一切为了孩子"，这是收养中心工作的出发点和落脚点，有关领养的规章制度严密、细致、规范，有很强的可操作性，这是在实践中不断完善、改进的结果。

跨国领养孤儿活动在国际上已经有 40 年的历史，而中国则从20世纪90年代才刚刚开始，中国政府能够迈出这一步，不能不承认是改革开放，观念更新的结果。

然而对这种善举，来自国内与国际的反应一直是毁誉参半。

中国收养中心对此事的处理格外谨慎与低调。来自国内的反对声音主要还是出于民族自尊心，抚养孤儿是国家内部事务，岂能容得外国人插手？泱泱大国，文明之邦，总不至于养不活几个孤残儿童。而国外一些组织和个人认为中国出口孩子是以换取外汇为目的的。直至今日，这种争论也没有休止。

然而随着时间的推移和眼界的开阔，我国政府终于认识到，收养行动突出了以人为本的基本理念，其不仅仅是行善，更是一种文明、一种规范与制度。对维护社会良心、保持社会稳定、遏制犯罪有莫大的好处。这比空泛地讲道德、讲觉悟、讲良心更有实际意义。

家庭温馨，父母亲情，对孩子的抚爱、亲昵，是儿童健康成长的必要环境。一个生活在正常家庭的孩子，无论身体、智力、道德，尤其是情感方面比非正常家庭，比如残缺家庭、不和睦家庭，显然要有利得多，更是孤儿院无法比拟的。近年来，在国际上一些极端组织的极端行为我们所见不少，这当然与政治有关，与战争有关，是这些造就了那么多难民，也由此出现了难民营。而那些人有一部分就出生在难民营，并在难民营中长大，恶劣的生存环境给他们种植了那么多的仇恨，并用仇恨的眼光看待世界，好斗冷酷而富于攻击性和极端性，很难想象儿童在这种环境下成长起来能够正常地融入文明社会。儿童时期接受的教育与形成的情感，比从小接受的食谱更难改变，这种影响深入骨髓，溶入血液。

艾琳女士告诉我，辛辛那提这个城市领养中国孤儿是从十几年前，也就是20世纪90年代开始的，来到辛辛那提的中国孩子每年有20到30个，目前已有四五百个。

2. 为什么乐于收养中国孩子

我曾听一个美国人说过这样一句话：甭管领养中国孩子的动

机如何，只要领养了中国儿童，他就一定是中国文化的爱好者。

事实确实如此，然而事情并不如我们想象得这么简单。

玛丽大学毕业后，很想找一个如意的丈夫，享受温馨的家庭生活，更渴望有自己的孩子，也许是因为工作忙，也许是因为缘分不到，一直到 30 岁，仍没有找到称心的伴侣。随着年龄的增长，对家庭生活愈加渴望。她想领养一个孩子，给自己一个家，也给孩子一个家。虽然只有一个人，但她坚信能够承担起母亲的责任。一次在报纸上偶然得知，可以收养国际儿童。那是 1995年的事，她开始对领养发生兴趣，并追踪这方面的信息。

艾琳有一个良好的家庭，自己与丈夫都是事业有成，也想抚养自己亲生的孩子，但无情的事实摆在眼前，她不能生育。她觉得，没有孩子的家庭是不完整的，就萌生了领养孩子的念头。

她首先想到了在国内领养，但美国人口少，出生率低，弃婴自然就更少，因此寻找起来难度很大，花的时间很长，至少需要两到三年时间。另外还会遇到一些意想不到的麻烦，比如法律问题。有这样一个案例，一家人在美国国内领养了一个孩子，领养家庭辛辛苦苦把孩子从几个月抚养到 4 岁。谁知这个孩子的亲生父亲从天而降，不知从什么途径打听到自己还有一个孩子，突然找上门来，想讨回这个孩子。领养家庭当然不同意。孩子的生身父亲显然很不称职，孩子出生时你到哪里去了？但法与情是两码事，一场旷日持久的官司在所难免。甭管法院怎么宣判，都会给领养家庭和孩子的心理造成深深的伤害。

第二种选择就是到国外领养，比如独联体国家，从种族上看，与美国人更为接近，但艾琳觉得这些国家的孩子容易出现情绪和感情上的问题，因为这些国家的人好酗酒，尤其是怀孕期间的母亲，对孕育之中的孩子生长十分不利。

另一个选择就是到亚洲领养，但就在几年前，一个她熟知的朋友去东南亚一个国家领养孩子遇到了一件倒霉事。领养过程顺利，一切手续已经办理完毕，谁知在去美国领事馆办签证时出现了问题，领事馆认为手续有多处漏洞，怀疑这个孩子是从黑市买来的，真是节外生枝。这个家庭不得不在这个国家再待上几周，接受调查，疑点排除后，才被获准离境。可谓出师不利，经济和精神上的损失是不言而喻的。

相比之下，中国领养条款规范，步骤清晰，手续完备。中国的领养程序得到美国政府认可，美国政府认为中国为了寻找这些孩子的生身父母，已经尽到最大努力，确属孤儿，而不是黑市交易的孩子。

从经济角度看，乌克兰、俄罗斯等国家领养孩子，需要35000美元，南美危地马拉为4万美元，而中国只需15000到18000美元之间，花费最少。

应该说，美国家庭领养中国儿童是出于综合考虑，是很现实，也是很理性的一种选择，如果得出美国人对中国感情特殊，对中国文化景仰，或是中国儿童格外聪明的结论，显然是一厢情愿，并不切合实际。即使这些都是真实的，也只能是在领养之后，对中国的了解逐步加深，而不是在领养之前。实际上很多美国人对中国的了解可谓一张白纸，知之甚少。这几个美国家庭没有因为采访者是中国人而"顺情说好话"，廉价的迎合不是他们的性格，美国人是诚实的，也是认真的。

三、神秘国度的神秘之旅

美国家庭有意领养中国儿童，在踏上中国的国土之前，还有很长的一段路要走，这就是严格而烦琐的手续。

美国移民机构（Immigration and Naturalization Service，INS）接到领养中国儿童的申请后，会派员实地考察领养家庭的经济状况、抚养能力、医疗记录、培养计划、有无犯罪记录，等等，包括询问周围的邻居，所以领养中国儿童的家庭一般比较富裕，品德良好，而且充满爱心。考察合格后，由市里报到州，再报到首都华盛顿，经过审核才能把材料寄往位于北京的中国收养中心，等待批复。中国政府主要关注的是孩子到美国后会不会得到善待，美国政策重点在于这个孩子入境后会不会成为国家的负担，

着眼点不同，指向却是一个：领养家庭是否有抚养能力。

每个领养家庭必须有足够的耐心等待文件旅行。中国收养中心最新发出的公告称："收养家庭递交文件后等待选配儿童的时间长短是由来华收养家庭的数量和可涉外送养儿童的数量两个因素决定的。"所以等待时间不是固定不变的。从我接触的几个家庭来看，从申请到成行需要 11 个月到 15 个月时间。

中国，东方，对于普通美国人来说，是一片神秘、传奇而又陌生的土地，应该说，美国人对中国的了解程度远逊于中国人对美国的了解。

美国是当今世界唯一的超级大国，国力雄厚，自然引起包括中国人在内的全世界人们的瞩目。中国人关心美国大选，知道小布什与克里乃至与戈尔较量的全过程，喜欢看 NBA，知道飞人乔丹，熟悉拳王泰森，更钟情于美国好莱坞大片，喜欢施瓦辛格；而中国的学子们更是翘首哈佛大学、麻省理工学院、斯坦福大学之类世界顶尖级大学，并有众多学子到美国留学；当然也知道美国的"911 事件"，知道美国的种族问题和其他负面消息。可以说中国人对美国的政治、经济、文化、教育、体育等已经颇为了解，而且这种了解是全方位的。

美国人对中国的了解程度究竟如何？

美国老百姓没有中国人"放眼世界"的热情，他们的注意力仅限于国内，对国际事务的兴趣不大。我看过美国的电视节目，除了美国国内事务，只会播出有关俄罗斯、欧洲和巴西等国的新闻。只有在与美国的利益发生冲突时，这些国际事件才会吸引美国公众的眼球。

据有关资料显示：有一半的美国人不知道或不能确认台湾是否为联合国成员，有相当数量的美国人不知道中国是美国 15 大贸易伙伴之一等等。美国公众对中国的认识实在有限，他们只知道在遥远的地球的另一侧有一个很大的国家，人口众多，历史悠久，是一个出产故事的地方，在提到中国时最有可能想到的是长城、龙、熊猫还有中国功夫，对现今中国的事物几乎一无所知。

因此想让美国公众对于中国的认识更加客观化、全面化，将是一个长期的过程。

当然，这些准备领养中国孤儿的家庭另当别论，他们对中国关心的热情正高，在出国前也"恶补"了一些有关中国的知识，但由于地域、种族、文化、价值观的巨大差异，他们对这次特殊而又事关重大的旅程怀有一种期待、兴奋、茫然而又忐忑不安的复杂心理。

在那片土地上，等待他们的到底是什么？他们的旅程会顺利吗？他们会领到称心的孩子吗？

1. 一个"墨"字做封皮的日记本

布鲁斯先生是一位中学音乐教师，他有一个厚厚的日记本，墨绿色的硬壳封面上书一个大大的中文"墨"字。

今天，在飞越大洋的飞机上，他郑重地启用了这个日记本。该写些什么呢？

他的第一篇日记是写给未来的女儿美力的信。

美力，是布鲁斯亲自给女儿取的名字，中文的，本来他有一本专门给孩子取名的中文书，但觉得太机械，缺少创意，所以搁置不用。他学过中文，粗通起名的诀窍，他决定为女儿起一个最吉祥的名字。美丽是不言而喻的，他见过女儿的照片，无论按美国还是中国的标准，都是最美丽的，他用美与丽的几个谐音字拼接，美黎，美梨，他都试过，但觉得意犹未尽，最终还是选择了美力，美丽而且有力量，是一个复合词语，表达一种美好的祝愿。孩子来自广西柳州，所以按中国人的习惯，还要冠之以姓，那就姓柳吧，柳美力。只是对于美丽而有力量的柳树来说，孩子显得太娇小了。但他相信孩子很快会长大，长成一棵枝叶繁茂的大柳树。

在飞机上布鲁斯非常兴奋，企盼尽早来到中国，见到朝思暮想的孩子。他企望上天保佑女儿，与他们共同享受平静的生活，在信的结尾处，他工工整整地写道："女儿，我们就要见面了。"

布鲁斯比其他领养者提前3天来到北京，住在一家宾馆。他

起得很早，想看一看这个城市到底是什么样子。扭秧歌的老太太，满街筒子滚滚的自行车洪流，还有倒着走路的晨练者都让布鲁斯感到新奇。

虽然他已经在照片中见到过孩子，但毕竟是平面的印象。他在想，现在孩子该是 15 个月大，孩子长成什么模样了？自己见到孩子心情又将如何？

布鲁斯与夫人终于见到了他们的美力，那是在南宁市的一家宾馆，他们等在电梯门口，一共有 8 个家庭，心情都很紧张，他们不知谁家的孩子会先从电梯口出现。美力是最后一个出来的，也是其中最小的一个，当时正在哭，脸上全是眼泪。但一眼见到未来的爸爸妈妈，哭声马上止住了，好像有一种神奇的亲和力。布鲁斯把孩子接过来，小心翼翼地抱在怀里，孩子是那样小，好像一碰就要碎了一样。

美力当时穿一套粉红色的毛衣毛裤，是临时抚养她的中国妈妈给她织的。有趣的是，这几个被领养的孩子非常有礼貌，见了陌生的外国人，不但不拘束，还向他们摆摆手，打招呼。

布鲁斯在柳州有个中国朋友，英文名叫丽萨，在他们动身去中国之前，丽萨从中国寄来一盘录音带，全是哄小孩的话，当然是汉语的，在飞机上布鲁斯一直反复地放，专心地听、记，现在派上用场了。

从南宁到柳州的大客车上，布鲁斯紧紧地抱着宝贝女儿，他听说，让孩子和父亲亲近不是一件易事，一路上，抱孩子的总是布鲁斯。现在，美力趴在他身上睡着了，脸蛋紧贴在他的胸腔上，嘴角流出的涎水，把他的衬衣都洇湿了。布鲁斯在向我描述这个细节时，仍然沉浸在对往事的回忆之中，幸福，神往，他知道，从那一刻起，孩子已经接纳他这个父亲了。

布鲁斯和同行者到过南宁、柳州，还有桂林，看了少数民族表演，几个老外还登上舞台，和中国人一起表演节目。

不过也有让他不太舒服的事情，在广州他看见有人在吃蝎子，在桂林坐船的时候，有人让他喝蛇泡的酒，他拒绝了，他是素食主义者。

布鲁斯先生指着日记本说,这将是我送给孩子的一件礼物,但不是现在,而是在她长大的时候,因为日记还在继续。他希望将来孩子能仔细阅读这本日记,看一看自己亲身经历却无法回忆起来的事情,还有爸爸妈妈当时的心情。

布鲁斯太太笑着对我说:如果你也有日记本送给儿子就好了。我说,当然很好,可惜现在来不及了。

布鲁斯夫妇自己生有一个女儿,叫朱丽叶,领养美力时也一同前往。日记本中专有一页留给朱丽叶,我见到了她写给未曾谋面的妹妹的这封信,字写得歪歪扭扭,有的字母还写反了,那时朱丽叶只有 4 岁。

4 岁的朱丽叶字写得不好,但记忆力极佳,当时的情景回忆得分毫不差,这个小姑娘不简单。

2. 趴在怀里的孩子昏迷不醒

玛丽于 1996 年启程去中国,同行的还有姐姐。由辛辛那提出发,在洛杉矶转机,再飞往香港。这个团一共有 18 个家庭,是个不小的团队。在香港会合后,一起前往南宁。

玛丽领养的孩子叫尼卡,当时只有 10 个月。玛丽和几个同行者完全没有意料到,也是十分尴尬的场面出现了:与尼卡同时被领养的孩子见到这些陌生人后拼命地哭叫,哭叫的声音很大,双手紧扣住保育员的脖子,她们不想让这些人抱走,甚至不许碰一下。这个场面令人心碎,玛丽心灵受到很大的震悚,她知道,他们这些人的相貌,身上的气味,语言与说话的方式都与孩子们朝夕相处的保育员差别太大,这些孩子不习惯,不适应。孩子再小,也是有情感的,她们不知自己将来的命运,也没有能力决定自己的命运。

回到旅馆后,玛丽和其他领养家庭把孩子们集中在一间屋子里,然后悄然离开,让孩子们单独待在一起,也许这样会更习惯,更舒适一些。

听到这里,我怦然心动,他们完全可以置孩子的反应于不

忘不了那栋蓝房子
wangbuliao na dong lanfangzi

顾，再哭再闹也只是暂时的，早晚会"归顺"大人。但他们没有把自己的意志强加给孩子，平等相待，尊重孩子的感情，这种处理家庭关系的方式是始终如一的。

尼卡病了，病得非常厉害，发高烧，趴在玛丽身上一动不动，经随团医生检查，孩子患了肺炎，如此重病，还能带走吗？孤儿院主动提出可以给玛丽调换一个孩子，但玛丽拒绝了，她说，不用了，她就是我的孩子。

玛丽不知道中国方面对孩子和美国家庭是怎么配对的，也不知道会给自己带来什么样的孩子，但她相信中国一句话：总会有老天爷来眷顾的，这个孩子本应该属于你。我问，这是不是中国人所说的运气，她略有迟疑，看来并不完全赞同这种说法。我又说，是缘分，她重重地点头说是，看来这个说法更恰当。英语"是"的发音为"叶斯"，但在语气加重时变成了"亚斯"，连我这个不懂英语的人都能感觉出其中的感情成分。

让玛丽没有想到的是尼卡的病情如此严重，肺炎，高烧，以至伤及了大脑，语言中枢受损，学话阶段遇到了困难，直到上学时还有语言障碍。后来她带孩子看医生，进行语言治疗训练，慢慢的语言能力赶上来了，现在已经基本正常。

我问玛丽，能不能自己挑选孩子，玛丽回答，一般来说是没有选择权的，确切地说给你哪个是哪个。对于这些美国人来说，见到孩子的那一刻是最激动人心的，也是最揪心的，与见到自己刚出生的孩子时感觉一模一样。

此后玛丽又相继从中国领养了两个孩子，老二是1998年在广东阳春领养的，领养时更小，只有8个月，叫佳佳，今年6岁半；老三是2000年在湖南娄底领养的，领养时10个月，名字叫贝卡。

3. 艾琳有两个贴身翻译

艾琳到达北京的时间是2001年5月7日，一共停留了3天，头一天倒时差，然后出去游览，她来到了长城、天安门和故宫。她对北京有个总体评价：是古老与现代的结合体。公公婆婆也一同前往，艾琳说自己占了大便宜，整个团里只有一个翻译，但她一个人就有两个，因为公婆是华人。所以能去别人想去又去不了的地方，可以逛大街、钻胡同，到小餐馆吃北京的特色小吃。公公婆婆当年是从上海去印尼，然后到美国的。艾琳的丈夫出生在印尼，后随父母到美国，在美国长大，只会说很少的一点儿汉语。

后来他们从北京来到云南昆明，昆明是一座春城，是一个具有独特风情的边疆城市。说起领养云南的孩子，艾琳一直心存感激，因为在填写家庭研究表格时，她和丈夫都写明"喜欢户外运动，酷爱登山和旅游"，她一直认为中国收养中心充分考虑了他们的爱好，才给他们选中出生在大山里的孩子。

当艾琳把孩子抱在手里的时候，眼泪一下子淌了下来，而且长流不止，心情十分激动，一种从未有过的感情涌遍全身，这就是母爱吧！当时孩子只有11个半月，艾琳自己没有生过孩子，这是平生第一次抱这么小的孩子！

艾琳领养孩子过程顺利，心情也很愉快。昆明是著名的旅游胜地，是世界上自然风光最美的地方——向导是这样对他们说的。他们游览了石林、八百里滇池。当然不忘爬云南的大山，云南的山险峻陡峭，非常刺激。中方还组织他们参观少数民族村寨，领略中国少数民族地区的民风民俗，鲜艳奇特的服饰给她留有深刻的印象。但此时已经与在北京时候大不相同，手里有了孩子，很多行动受到限制，以前他们两口子酷爱旅行，今后生活方式要改一改了。

艾琳给女儿取名麦瑞。她领养的第二个孩子来自广东清源，取名伊丽莎白。

麦瑞是在3个月的时候被遗弃的，伊丽莎白则是在出生的第二天就被遗弃了。艾琳在说到遗弃问题时口气平和：3个月才被遗弃说明孩子的父母怕孩子活不了，尽可能地多养了一些时间，养得大一些；老二被扔在孤儿院旁边，是想尽快被人发现，有人抚养。艾琳和丈夫认为，扔掉自己亲生的孩子是一件痛苦至极的事，很难下决心，必然经过反复的思想斗争。她经常给孩子们讲他们生身父母的事情，但从没有埋怨之意，总能给遗弃找到理由，比如因为计划生育政策，或者是中国有重男轻女的传统观念。

艾琳的如此解说，不仅仅是教育子女的策略，而且是一种思维方式，深植于美国文化土壤之中，这就是宽容、平和、善意地看待这个复杂的世界，而不是种植仇恨，培育狭隘，这种理念对儿童的成长极为有利。

为什么领养两个孩子呢？艾琳的解释是不想让孩子孤独，她还想再收养一个，但丈夫还有些犹豫。

四、超越国界与种族的爱

据报道，美国抚养一个小孩，从出生到大学毕业一般要花费15 万美元。钱是有价的，但母亲花在孩子身上的心血是无法用金钱计算出来的。

1. 艾琳——孩子给我的要比我给她的还要多

我和艾琳的会面地点在一家咖啡馆，这是一天上午，街上很静，这家咖啡馆里也很静，播放的音乐很柔和，人不算多，说话声音也不大。

我把录音机摆在桌上，说，我需要录音，可以吗？她说没关系。

艾琳领养的两个孩子身体非常好，很少得病，老大麦瑞领回来时曾经闹了两天病，但很快就好了。这个孩子身体一直很好，性情也平静，不吵也不闹，不让大人操心。

老二伊丽莎白属于那种很"矫情"的孩子，一宿醒八九回，醒了就闹，就哭，哭起来就没完。所以头半年艾琳把被褥铺在孩子床边，睡在地板上，因为孩子醒来一睁眼就要看旁边有没有人，没有人便会大哭大闹，如果妈妈在身边就会安静许多。现在这两个孩子仍然和他们住在一间屋子里，让孩子离他们更近一些，等到明年才会与孩子"分居"。

老大发育慢一些，18个月的时候才能站立。那段时间，艾琳经常陪孩子画画、读书、玩拼图游戏。麦瑞直到现在仍然喜欢画画、读书，性格文静。老二性格截然相反，一会儿看电视，一会儿把电话拿起来，一会儿又会踢狗一脚。一本书看两眼就会扔掉，是坐不住的孩子，话说得还不太利落，已经在后院踢足球了。说到这里，艾琳颇为感慨，孩子的性格竟有如此之大的反差，这些应与他们夫妇没有关系，是先天的，她不知孩子的生身父母性格如何，但肯定是继承了父母的基因，其实即使亲生的姐妹性格都可能不一样，何况这种领养家庭。性格是一辈子的事，对她们将来的学习、事业、发展都会有重大影响。

谈到教育孩子问题，艾琳说，中国人管教孩子很严格，就像自己的公公婆婆一样，什么都想管，管完了儿子，又想管孙女。她不同意公公婆婆的教育方式，但也不同意放任自流。她觉得中国孩子学习有动力，相比之下，美国孩子的动力小得多，只有家长督促才会去学一学。她经常和孩子们在一起做作业，教她们数数，做算术题。艾琳很看重教育，这一点很像中国家长。她认为美国学校强调孩子自由发展已经到了不适当的程度，教育标准定得太低，应该往上提一提。艾琳经常听到有人夸奖孩子小提琴拉得好，足球踢得不错，颇不以为然，还是先把书念好再说别的。

艾琳出生于一个很小的镇子。小时候家庭生活清苦，必须努力学习，获得奖学金，才能把大学读下来。今天的成就来源于个人奋斗。现在她们属于富裕家庭，但不希望孩子觉得钱是树上结出来的，不劳动就会有收获，必须靠自己努力。

我说，在抚养孩子过程中，付出了很多，但你们得到了什么回报？

艾琳大声说，我每天都得到回报，得到奖励。工作一天，回到家里，两个孩子都会争着抢着亲你，拥抱你，真是太幸福了。看着她们一天天长大，想想刚刚把她们领进家门的时候，她们是那么小，而现在都长这么大了，很有成就感。自从收养这两个孩子后，就会用孩子的眼光看待世界，孩子是天真的、纯净的，也

是弱小的，她们渴望得到保护，得到家庭的爱，而我做到了，付出也是幸福。孩子给我的比我给孩子的还要多。

这时她突然反问我，你从孩子那里得到了什么？

我记得当时是这样说的，我是个很传统的中国人，抚养孩子是我的责任和义务，我觉得孩子就是我生命的延续，是我的一切。当你看见一个高大的孩子站在你面前的时候，还有比这个更高兴的事情吗？

艾琳高兴地连连点头，她深有同感，她仔细地看着我的孩子。我能读懂她的眼神，她可能在想，什么时候，她的两个女儿才能长得像我儿子一样高。

我问她，两个孩子肯定拖累了你们的工作，你们是怎么安排的？

艾琳说，丈夫有两份工作，可以灵活掌握，而且公司是自己的，工作时间比较灵活。丈夫叫菲律普，目前有两个公司，一个做IT，规模不算大；另一个是房地产公司。丈夫属美国中小企业家，事业是很成功的。

艾琳做计算机系统。这是美国比较大的一家公司，年收入100多亿美元。她是辛辛那提分公司的负责人，每年辛辛那提分公司的销售额在5000万美元左右。不过这个行业里中国的产品越来越多了。

他们两口子都是成功人士，但不想一辈子工作，预计15到20年之内退休。她今年37岁，丈夫40岁。现在攒一些钱，然后安享晚年。

艾琳是这个城市收养国际儿童中心的负责人，我向她请教：中国孤儿在美国的现状如何？

艾琳思索了一会儿说，据我所知，大部分孩子都得到很好的照顾，像我们这样的家庭是非常普遍的。上次在肯塔基农场，你也看到了，多数家庭都非常幸福。当然也有父母离异的，还有父母去世的，孩子就比较困难了。不过这种情况在非领养家庭也会出现，是无法预料的事，估计你们中国也不会少。

负责这个工作的社工人员在孩子领养 6 个月后都要到领养家庭来一趟，访一访，看一看，还要写两次报告给中国政府，报告孩子的生活状况。曾经有过这样一件事，中国领养中心曾寄给西班牙驻北京大使馆一份通知。通知说：自 2001 年 12 月 1 日起，将拒收来自西班牙的领养儿童申请案，理由是大多数西班牙领养家庭未遵守领养中国儿童手续中的一项必要条件。这个条件是领养家庭一年得寄回一封有关儿童近况的报告，而在 1999 年及 2000 年间，西班牙家庭领养了 330 名中国儿童，总计应当收到 660 份报告，然而实际上仅收到 185 份。一位中国负责人说："外国人领养我们孩子的善举，我们应当表示感谢，但我们必须知道他们出去后的真实情况，保证他们应有的权益。"

艾琳不仅自己领养了两个孩子，还帮助其他有这种愿望的美国家庭。有 12 个家庭在她的帮助下领到了可心的孩子。她热衷于这件事，不过艾琳由衷地说，在这方面玛丽做得更好。

艾琳最后向我表示，如果你这篇文章能够发表，请把书刊寄给我，中文的也行，我希望孩子的生身父母知道这些事情，知道孩子现在的状况，同时希望把这些故事讲给中国人听。

2. 玛丽——家庭托儿所

和玛丽女士见面，是在农场中秋活动的两天后，在她公司的办公室。这个公司属于玛丽的父亲。谈话间，玛丽的父亲曾出现过一次，与我互致问候。这是个脸色红润，身体硬朗而又快活幽默的老人。玛丽这一辈兄弟姐妹共 6 人，4 个女孩子，2 个男孩子。除了一个妹妹到外面发展，其他 5 个全在父亲的公司上班。公司的业务是开发房地产，以及房屋销售及出租。

这是一间不大的办公室，但很整洁、明亮，屋里摆放着沙发、书柜，墙上悬挂着几个镜框，里面镶嵌着房屋的蓝图，业务范围一览无余。

玛丽个子适中，身体很结实，穿一件蓝色运动服，内衬白色高领线衣，年龄应该在 40 岁往上。她表情沉静，说话声音不高，语速也不快，每说完一段话，就主动停下来，静静地等着翻译。

在我采访过的美国家庭里，玛丽领养的孩子最多，3个，为什么领养了3个？玛丽说，她有一个大家庭，兄弟姐妹共6个，感情很好，感觉更好，可以互相帮助，包括抚养孩子，如果将来自己有不测，兄弟姐妹可以帮助抚养。

因此玛丽也希望自己的孩子多一些，这样孩子不会感到孤单，虽然有表兄妹，但毕竟不是亲姐妹。玛丽满足地说，上天非常照顾我，让我有了3个孩子。

玛丽有个姐姐，姐俩的孩子放在一起抚养。对孩子来说，她们姐妹俩是共享妈妈。因为公司是父亲的，工作相对自由一些，你上两天班，由我看两天孩子，然后再轮换，直到最小的孩子贝卡4岁的时候，玛丽才恢复全职工作。这种状况持续了6年时间。

我见到过这样一张照片，是2004年夏天孩子们出去游玩时拍摄的。照片布局非常别致，包括姐妹两家的孩子，依次坐在台阶上，按年龄大小排序，在这些孩子中，玛丽的大女儿尼卡坐在最高的位置上。这些孩子很融洽地一块儿玩，一块儿长大，就像在托儿所一样。

玛丽清楚地记得孩子们成长中的每一个细节。尼卡4岁的时候，和表妹爱玛在一起玩，竟把爱玛的马尾辫剪掉了。但爱玛根本不在乎。爱玛可以不在乎，但玛丽不能不管，不过尼卡也剪了自己的头发，也算扯平了。这件事并没有影响两家大人的关系，当然还有一个原因，这件事发生在爱玛家里，当姨妈的自然也就无话可说了。谁知后来尼卡又一次把爱玛的头发剪掉，而且还有爱玛丢了马尾辫的照片，立此存照，将来也是抵赖不掉的。只是可惜了爱玛那头金黄灿烂的秀发！后来大人就把剪子藏得很高，让孩子们够不着。

听孩子一起谈话很有趣，中国孩子希望自己有金头发和蓝眼睛，但美国孩子觉得黑头发、黑眼睛更漂亮。孩子从小在一个屋檐下长大，彼此的歧视根本无从谈起，周围的邻居也从没有对这3个中国孩子另眼相待。甚至尼卡和佳佳在很长时间以为爱玛也是中国孩子。爱玛非常羡慕收养的孩子，竟为自己不是收养的孩子而自卑。

凡是有中国孩子的活动，爱玛都要参加，而且一定要和3个中国姐妹一样，穿上中国服装。她还和尼卡一起上过中文学校。爱玛羡慕领养的孩子是事出有因的。在这个家庭里，她是唯一的另类。爱玛家有4个孩子，两个女孩，两个男孩，只有她是亲生的，另外3个都是收养的美国孩子，来自美国肯塔基州。收养的美国孩子一般年龄都比较大，两个男孩被收养是因为受到家庭虐待，女孩是因为母亲吸毒，而且在怀孕期间也没中止，所以这个女孩有典型的毒品婴儿症状，生下来就有吸毒反应，很长时间才治好。

大女儿尼卡是妈妈的好闺女，和妈妈最亲。她什么时候都要知道妈妈在哪里，是妈妈的小尾巴。二女儿佳佳是个很安静的女孩，经常静静地看着周围发生的一切，很小就能够自己穿衣服，非常自立。自己的事自己干，是最可爱的一个，所有的人都喜欢她。佳佳小时候，胆子很小，第一次送她上学前班的时候，死死地抱着妈妈的腿不肯去。玛丽对孩子的性格很担心，经常到学校观察，佳佳所在的那间教室有个窗口，家长能看见孩子，但孩子看不见家长。有一天，玛丽看到佳佳和其他孩子在一起唱歌。其中佳佳的声音是最响亮的，她悬着的心一下子放了下来，她欣喜地发现，女儿是可以和别人交往的，是有自信心的。这已经是一个月以后的事情了，从此孩子每天都高高兴兴去学校，玛丽也可以安心上班了。

贝卡刚来到这个家庭的时候只有10个月大。这可是个不省心的孩子，爱哭，一哭就是几个小时，没有眼泪，干号。但第二天醒来，一睁眼就会笑，仿佛什么事情都没有发生一样。她还有个小毛病，好偷小朋友的玩具。这个孩子胆子很大，4岁就能骑两个轱辘的自行车，而佳佳在7岁时还骑不好。吃饭时，自己的吃完了，就会去吃其他小朋友的，外公的酒她端起来就喝，连问都不会问一声。今年春天玛丽教孩子们游泳，池子里一个人也没有，贝卡扑通一声就跳进水里，根本就不戴游泳圈。有一种小孩子玩的攀岩游戏，一面 25 米高的墙，爬到顶上把铃按响才算完成任务。贝卡毫不费力就爬了上去，把电铃声按响了好几次，她这才利落地爬下来。4 岁孩子能够做成这件事的，只有她一个。这个孩子还喜欢出风头，总想装成大人样子。当她 6 岁时，总说自己已经 10 岁了。玛丽估计，14 岁的时候，她就会开着汽车满处跑了，而法律规定是 16 岁才能开始驾车。

3. 美力有个美国姐姐

去布鲁斯家是 10 月中旬的一天晚上。天已经黑透了，路程很远。进入布鲁斯先生居住的小区时，已是晚上 9 点钟。小区有灯，但不甚明亮。门牌号码分辨不清，而且不连续，但我们很快找到了布鲁斯先生的住处，因为在一家门口的脚垫上，见到了 4 个中国字：出入平安。这个家庭肯定有中国背景。

按响门铃后，来给我们开门的是一个七八岁的小姑娘。这是个非常漂亮的白人小姑娘，并不是想象中的中国孩子。我们有些迟疑，以为敲错了门，小姑娘示意让我们进屋。这时一个白人妇女从楼上走下来，后面跟着一个中国面孔的小姑娘，我一眼认出了这就是我们见过的美力，此时布鲁斯先生也从楼上走了下来。

美力性格有些腼腆，一直没有吭声。但金发小姑娘却很活泼，十分兴奋，嘴一直说个不停，是那种"人来疯"的孩子。

我们在布鲁斯家的客厅落座。这是一个典型的美国人的住宅。在此之前，我已经去过几个美国家庭，布局大同小异，美国人的客厅布置与中国人有些区别。他们不是紧靠墙壁摆放家具，沙发与茶几摆在屋子中间，可能与房子宽大有关。美国人的住宅大多为二层独栋小楼，卧室一般在楼上，一楼是一个打通的客厅，非常大。我见到的几个美国家庭，不如中国人那样注重收拾房间，东西摆放比较凌乱，儿童玩具散落好几处，也许有孩子的家庭都是如此。

布鲁斯和我们已经是老朋友了，但今天的布鲁斯先生竟没有在农场见面时的热情奔放，倒有了几分矜持，也许这才是他的性格。他郑重其事地送给我一件小礼物，是一本中国古诗词。打开一看，是本图文并茂的小册子。每页的版面上面有一句成语；中间有一幅画，这幅画具有中国工笔画的风格；下面是英文注解。其实我觉得叫中国成语更合适，这本小册子是美国出版的。

白人小姑娘主动坐到我身边，但美力却紧贴着母亲，不离半步。

布鲁斯太太介绍说，大一些的姑娘叫朱丽叶，是亲生女儿；小姑娘你们认识，叫美力。

我问：你们俩谁大？

当然是我大，我是姐姐。抢着回答的是朱丽叶。

我又问：妹妹好不好。

好！

我问：你们吵过架吗？

答：经常吵。

我问：你们俩谁厉害？

答：我厉害，她吵不过我。又说，有时我不理她，把她晾在一边。

我说：你欺负妹妹？

答：我会说对不起！

我问：美力英语说得好吗？

答：好极了。

我又问：你们在一块玩什么？

答：今天晚上我们玩姐妹游戏，姐姐当妹妹，妹妹当姐姐。美力假装9岁，我只有两岁。

我好奇地问：你能听"姐姐"的话吗？

答：不听，她让我干什么我偏不干。

我笑了：她是"长官"，你是"士兵"，你应该服从。

朱丽叶不服，我是长官，她是士兵，因为我比她大。

整个对话中，朱丽叶抢着说话，美力始终一言不发，只是目不转睛地看着我们。

这时，我注意到美力身上穿了一件小T恤衫，上面有一只憨憨的大熊猫图案，还配有几行中国字。布鲁斯太太说，这件衣服是从中国长城买来的，美力刚穿的时候一直到小腿，现在正合身。

朱丽叶不甘寂寞，说，我去过长城，还照了照片，我把腿抬得很高。

这时，布鲁斯太太说，太晚了，她们得睡觉了。朱丽叶和美力却意犹未尽，没有离席之意，母亲硬把她们拖走了。

两个孩子向我们道了晚安。

布鲁斯今年48岁，太太46岁。

美国家庭领养孩子时，希望孩子尽量小一些。这样更容易适应新的环境、新的家庭，更容易学习另一种语言。美力进入这个家庭时已经1岁零3个月，会说话了。认识很多东西，比如牛奶，只是发音奇怪，问了别人才知道是汉语。布鲁斯曾担心美力学习英语会有障碍，但这种担心是多余的，美力学习语言的能力非常强，掌握的词汇量已经超过她的实际年龄，教她的老师赞不绝口。现在每天都有进步，每天都会增加词汇量。虽然说话时有很多语病，但大人不但不去纠正，反而大加赞扬，不能让孩子怀疑自己的语言能力，还有其他方面的能力，保护孩子的自信心。他们相信随着年龄增长，孩子会自我纠正。

布鲁斯的做法很值得中国家长借鉴。俗话说：好孩子是夸出来的。这次来到美国，在一次闲聊中，儿子对我说出了憋在心里10多年的话：我很少得到您的表扬，最受不了的是总好拿别人家孩子的优点比我的毛病，您知道我的感受吗？很伤自尊心，自信心也没了，那一刻真觉得自己什么也不是。这句话让我半宿未眠，反省了很长时间。

布鲁斯夫妇让孩子们尽量亲近大自然，经常带孩子出去野游、野餐，带孩子去农场，看农场饲养的各种动物，用手去抚摸山羊、牛，还有其他动物。所以美力从小就喜欢动物，更不怕动物。

辛辛那提是座美丽的城市，空气永远那么透明，阳光强而且亮，天特别蓝。这种蓝色，我只在长白山的天池上空见过。到处是草坪和树木，而且在市内有森林公园，占地面积很大。城市中最常见的小动物是松鼠，走在街上，你会随时与松鼠打照面。在高速公路上行驶，常见到路边的动物头像，这是提醒司机，不要撞到动物，以免引发车祸。布鲁斯居住在一个漂亮的富人区，这里林木茂盛。令人不可思议的是，小区里竟有鹿群出没，经常在路上看到三五成群的鹿在悠闲地散步。美力总是第一个发现鹿群，看见鹿群后特别的兴奋，然后就指给大家看。住宅区里也有鹿经常光顾，有时一两只，最多的时候有七八只，都是野生的。

对于世间万物、自然现象，他们有意让孩子去适应。打雷下雨的时候把孩子带到屋外，讲雷电形成的原理，告诉这是正常的自然现象，没有什么可怕。打雷就像日出日落、刮风下雪一样，当然打雷的时候还是要抱紧孩子。

布鲁斯在一所高中当音乐教师。学校离家只有1英里，他每天骑自行车上班。布鲁斯太太也是音乐老师。美力来到这个家庭后，家务负担加重，她不能再到学校给学生上课，只能请学生到家里听讲。她的专业是长笛，现在孩子大了，她也可以到学校上班了。在说到自己职业的时候，布鲁斯用汉语说，我是音乐老师。但说到专业的时候，汉语明显不够了，只好改用英语，还要借助手势，又把地球仪搬来，指明位置，是加勒比地区。我后来弄明白了，他打的是一种加勒比地区的铁鼓。

美力的性格敏感。关于这一点，布鲁斯和太太早有察觉。这也是美国孩子中不多见的性格。有一次在吃饭的时候，布鲁斯故意说了一些冒傻气的话。美力一本正经地加以纠正，大家都笑了。美力却哭起来了，她说没有想让大家发笑，没有得到预期的结果，大家肯定都在笑话她。

这时，布鲁斯太太下楼了，立刻加入到谈话之中。她性格很是爽快，似乎比丈夫更健谈。

她说，从性格上看，美力显得内向一些，是慢热型。如果有客人来了，她一开始会躲得远远的，但过不了多长时间，你就会发现，美力先是走得离你近一些，不一会儿就悄悄坐在你身边了，再过一会儿又会主动和你搭话了。可惜你们来得太晚了，她又得睡觉，没有给她充足的时间表现。其实性格也是可以变化的，现在她的性格正朝着姐姐的方向发展。

布鲁斯太太说，美力漂亮、幽默、聪明，也很敏感，敏感是艺术家的特质。美力爱唱歌，天天唱歌，有时自己还能编词。除了天赋以外，也许就是这个家庭环境的熏陶，因为母亲是吹长笛的，父亲是搞打击乐的，姐姐正在练习钢琴，美力爱唱歌也是很自然的事情，刚刚听过的曲子，马上就能哼唱出来，甚至加进一些新的旋律。那次美力拿起一本书挟在脖子上，右手又拿着一支笔，在书上画来画去。布鲁斯太太一看就明白了，这是在模仿拉小提琴，她很吃惊，家里并没有小提琴。那么，只有一种可能，她是在外面学来的。他们决定明年送她去学习小提琴。

我向布鲁斯先生提出了一个问题：你是教师，教育孩子是专家，你希望美力长大了做什么？

布鲁斯沉吟片刻说，这个问题还没有仔细想过，从现在趋势看来，孩子像是个工程师的材料，喜欢搭积木，好把东西拆开，再装上；又像个音乐家，器乐和声乐都爱好。其实，我们不会刻意让孩子去做什么，更不会把自己的意愿强加给孩子，因为孩子太小，只有4岁，4岁孩子的爱好能说明什么？将来做什么并不重要，重要的是让孩子快乐！

布鲁斯是我的第三个采访对象，那么，我听到"让孩子快乐"的话也是第三次了。初听这句话时很不理解，很玄虚，进而觉得他们说话不实在，模棱两可像外交辞令。但是当一次又一次得到同样答案的时候，我不得不承认，他们的回答是严肃的、负责任的。

在中国，望子成龙，已经成为父母难解的结。包括我自己在内，对孩子的期望值颇高，目标明确而具体，念什么学位？本科、硕士、博士，直到无书可念为止。从小对孩子实行高压政策，拿高分，考名校，全部纳入这个总目标之下。与此无关的东西，包括生活技能、交往能力，都是无关紧要的，都要统统为总目标让路，孩子的天性、快乐，就这样被无情地剥夺了。

中国人活得太沉重了，无论是家长还是学生。

这时我看了看手表，已经快 11 点了，便起身告辞。布鲁斯太太认真地说，刚才朱丽叶和美力临睡前说，让你们两个人住在我家，她们非常喜欢你们。

我听了心里一动，真是两个可爱的孩子，祝她们做个好梦。

4. 两个坚强的孩子

采访塔米已经是 10 月下旬的一天，这时距我离开辛辛那提只剩下几天时间了。深秋的辛辛那提已是一片五彩的世界，枫树虽不是这个城市的市树，但并不影响枫叶把城市点染得十分漂亮。鲜红、金红、暗红，红得很有层次，特别是巨大的枫树下面一丛丛通红的落叶，简直就像炉膛里燃烧的火苗。

再过几天，也就是 10 月 31 日，是美国的万圣节。家家门口悬挂着各种妖魔鬼怪偶像，有的很像我国的无常鬼，还有一架架的骷髅。美国有一部电影叫《群魔乱舞之万圣节》。这些形象在我国给人的感觉是阴森恐怖，可这里却习以为常，可以做饰物，当摆设，超市的橱窗里居然摆有本·拉登的头像。有的女大学生还会佩戴鬼骷髅的耳环。虽然看似恐怖，但却显得戏谑、轻松、喜庆。由此可见中美两个国家文化差异太大了。万圣节一过，人们就开始企盼感恩节、圣诞节乃至新年了。

我们找到了塔米的住处。由于时间还早，就开车在小区里兜起了圈子。美国人守时，见面需要预约，不速之客不会受到欢迎，但是必须在预定的时间准点到达，早和晚都会被视为不礼貌。谈话时间长短也是事先约定的，如果延长时间，需要得到对方同意。

有意思的是与塔米紧紧相邻的两家都很"关心国家大事"，关心美国大选，门前草坪上都戳着牌子，一个挺布什，一个支持克里。真想问问塔米，这两家是如何处理邻里关系的，会不会辩论，会不会吵架？

　　等我们转回塔米家的时候，正好一辆红色的轿车驶进了她家的车库，驾驶这辆车的是个年轻姑娘，我猜测，可能是塔米的大女儿吧！

　　我们下车去按电铃，出来的还是这个年轻的姑娘，身材高挑，非常漂亮。一问，她就是塔米，让我吃惊不小。因为前三个采访对象，玛丽、艾琳，还有布鲁斯，都是中年人，因此想象中的塔米也应该是个中年人。此前我并没有见过塔米，农场中秋节活动她没有露面。我仔细打量着塔米，想找出岁月在她脸上留下的痕迹，但仍然找不出来，怎么看都是20多岁的年轻人。

　　就在这种疑惑心情中我们走进了塔米的家，真是个热闹的大家庭，屋里一共有3个孩子，一个白人小姑娘，五六岁模样，另一个年龄近似的小姑娘，一头黑发，是和我们一样的面孔，更有一个小小子，也是中国孩子模样。在美国家庭领养的中国孤儿中，男孩子十分少见。

　　我第一句话还是道出了我的疑惑：我把你当成了塔米的大女儿，谁知竟是你本人。塔米听了，一下子笑了起来，非常开心，被人称赞年轻，中国人高兴，美国人也高兴。我说的是实话，但也有恭维之嫌，而且比较艺术。

　　笑过之后，塔米告诉我，她今年已经32岁了，是4个孩子的妈妈，亲生的孩子有两个，领养的两个。大女儿凯尔西没在家，上学去了，这个是二女儿凯瑟琳，三女儿叫贾克林，4岁半，小子贾克比最小，今年也有4岁了。介绍完毕，她讲了这样一件事，在领养第一个孩子贾克比的时候，也就是两年前，遇到了一点小麻烦。当时她已经进了30岁的门槛，刚刚具备领养中国孩子的资格，但丈夫比她小9个月，没有达到中国收养中心"夫妻共同收养，则必须双方都年满30周岁"的规定，没办法，只有熬时间，耐心等待。

　　塔米是我此次采访中比较特殊的一个，因为她领养的是残疾儿童，而且是两个。在此之前，我已经知道，美国家庭领养中国孤儿的时候，自己是没有多大主动权的，领养什么样的孩子，往往靠的是运气，或者说是缘分。也许塔米运气不好？摊上了残疾儿童？

我是怀着极大的兴趣采访塔米一家的。

我问：你领养残疾孩子，是主动提出来的，还是碰上的？

塔米说，是主动提出的。她和丈夫在结婚前就有一个愿望，将来要收养一个孩子。结婚后他们生养了两个女儿，活泼、漂亮，而且健康。不过他们收养孩子的念头并没有打消，只是有了一些变化，他们收养的孩子一定要有残疾。

我问：在领养的儿童中，残疾儿童的比例有多大？

塔米说：每年有 5000 个孩子被美国家庭领养，其中残疾儿童可能有 800~1000 个，不过没有什么根据，是我的推测。

我问：都是什么样的残疾？

塔米说：残疾程度差别很大，最轻的只有胎记，严重的有痴呆的，还有肢体不全的。

我问：你为什么领养有残疾的孩子？

塔米说：因为我已经有了两个健康的女儿，这是上天的恩赐，为了报答，就要领养残疾儿童，让他们得到幸福。

我仍然不解，我觉得两者之间并不构成因果关系。

大概塔米看出我的困惑，又解释说：我觉得孤儿的命运不是太好，残疾孤儿的命运更糟，很少有人关心照顾他们，我要给他们一个家，就像有亲生母亲一样，让孩子得到母爱。

我问：领养残疾儿童有什么特殊要求吗？

塔米答：领养残疾儿童的大部分家长都是自己生过孩子，也养过孩子，有抚养孩子的经验，否则是没有这个资格的。

她的回答使我陷入沉思，我总觉得她的回答过于简略，并没有给我一个期望的答案。也许我们生活在不同的国度，有不同的价值观，我很难理解她简单话语中的深层含义。或者她给我注入的信息太生疏、太令人费解，我还要消化一段时间。

在国内如果你做了一件什么事，人们总好问："啥意思？"这是我所居住的城市正在流行的口头禅，就是什么目的，什么企图，有很强的功利性。如果你说"没啥意思"，人家会觉得你"不够意思"，因为你不说实话，城府深，无利谁也不会起早。回国后我也曾和周围人谈起美国人领养中国孤儿的事，也有人问"啥意思"，并做出种种推断。我们好以己度人，动辄以自己的思维方式去评判其他民族的文化，甚至武断地加以批判，其结果必然格格不入。

贾克比残疾在什么地方？在他的唇上鼻下，有一道刀口，也就是说，这个孩子原来是兔唇。当然做过手术后，除了颜面上有些痕迹外，其他一切正常。

女孩贾克林，比贾克比大半岁多，但来到这个家庭却比弟弟晚了一年多，胖胖的，脸色很不错，在屋里走来走去，即使母亲说明了病情，也仍然看不出有什么不正常之处。

但塔米说，其实女孩的病情才是最严重的，她让孩子趴在自己大腿上，撩开孩子的上衣，让我看横贯背部一道长长的刀口，还有头部的一个伤疤，这个孩子经历了两次可怕的大手术。她患的是一种很少听说的"脊柱裂"的疾病，虽经过两次手术治疗，现在活动正常，但对将来，医生的看法并不乐观，下肢瘫痪是有可能的。

我问：如果她真的瘫痪了，你怎么办？塔米说，我肯定会接受这个事实，爱护她帮助她。

女孩的手术是在中国完成的，是在出生 8 个月的时候。2000年 7 月，做第一次手术，是在头部，脑子里有积水；一个月后又做了第二次手术，这次做的是背部。由英国慈善机构"巨石基金会"资助手术费。

小子贾克比，个子矮矮的，挺壮实，也挺欢实，在屋子里跑来跑去，一刻也闲不住。我曾听说过美国家庭不大愿意领养男孩子，是何原因？塔米是这样解释的：男孩子太调皮，不好养，一般家庭更倾向于领养女孩，所以在收养的名单上，女孩会很快被人领养，但男孩子就不那么容易了。贾克比是在名单中挂了整整一年才被她收养的。不过塔米并没有觉出来是男孩子难养，还是女孩子难养，花费的精力应该说是同等的。

女儿贾克林走进这个家庭只有8个月时间，而且领养时已经4岁零3个月了。塔米非常担心她的语言问题。其实，塔米多虑了，她低估了4岁孩子的语言能力。在孩子来到美国6个月的时候英语已经基本过关了。塔米为此颇下了一番功夫，制订了一套学习计划。常用词先学，如吃、喝、厕所，实在听不懂就请来翻译，很快母女俩就建立了沟通。这种沟通是语言上的，也是心灵上的。学习语言的能力，儿童无疑要优于成人。除了能力以外，我觉得还有其他原因，试想塔米对女儿的呵护程度与接触频度，还有心心相印的交流，成年人与成年人之间无论如何也做不到。我想这应该是儿童学习语言快的更重要的原因。

塔米说，现在女儿还懂中国话，只是再也不说了。估计以后就要荒废了，因为家里没有讲汉语的环境。因此，再过一段时间一定要送她去中文学校，也许能够把汉语捡起来。

我问贾克林，你和凯瑟琳谁是姐姐？当然用的是中文，她用手指了指凯瑟琳。我又指着小子问，你们俩谁大？她指了指自己。我又问，你能听懂我的话吗？她笑了笑，点了点头，看来确实听懂了。

4个孩子的家庭在中国已经不可想象，在美国也不多见。美国现在的家庭规模比过去小了许多。塔米问我：你有几个孩子？我指了指儿子，说，只有这一个。塔米说，她知道中国的独生子女政策，接着又同情地说，一个孩子很孤单。

塔米自从领养了两个中国孩子后，家庭结构显然有别于美国传统家庭了。塔米和丈夫都属于思想很开放的年轻人，很容易接受其他文化，也非常喜欢领养的两个孩子，更喜欢这种家庭里多元文化的氛围。这种气氛也被周围邻居所接受，他们一家人走在街上，别人也不会再看两眼或指指点点。不但如此，塔米还会用自己亲身经历去影响别人，有个邻居十分羡慕这个家庭，也到中国收养了一个兔唇孩子。

塔米已经看惯了自己的孩子们，虽然长相是那么不同，但她已经觉不出有什么区别，更不会想到哪个是自己亲生的，哪个是领养的，没有任何区别。只有在特殊场合，比如接受采访的时候，才会突然意识到领养的问题。

塔米说这两个孩子就是自己生活，确切地说是自己生命的一部分，她知道中国有一个古老的"红线"的说法，自己的命运和这两个孩子紧紧拴在一起了，再也分不开了。

先说小男孩儿吧，这是个很坚强的小男子汉。到美国后，他一共接受了3次手术，第一次是做嘴唇手术的，但远没有结束，因为嘴唇只是外在的表现，还牵涉多处畸形。第二次做的是舌头手术，第三次是喉咙手术，还有声带手术。手术后一直不间断地治疗、矫正，因为声带畸形，发音有些问题。她非常钦佩这个孩子，小小年纪，经历了这么多次手术，都坚强地挺了过来。真为他感到骄傲。手术的全过程，她一直陪伴在孩子身边，做手术不是一件好事，却使她和孩子走得更近了，母子的感情更深了。截至今日，贾克比的手术还没有做完，以后还有牙、鼻子需要整容，还会有几次手术在等着他，因此他必须继续坚强。

贾克比做这几次手术时，已经两岁多，懂事了，现在一听说上医院就心惊胆战，手术的可怕历历在目。说是男子汉，坚强程度实在有限！

去乌鲁木齐领养贾克林时，塔米领着大女儿和父亲一同前往。丈夫留在家里照顾小男孩儿和二女儿。当时贾克林已经4岁多，什么事情都明白了，所以整个收养过程比领养贾克比时容易得多。但过程的顺利和孩子的平静却让塔米格外担心与不安，她知道后面隐藏着什么！孩子清楚自己的身世，知道从哪里来，现在又到哪里去，明白自己被外国人收养的事实。这个孩子非常有个性，独立、冷静，一看就是个很有主见的孩子。塔米对自己说：碰上这样的孩子我该怎么办？孩子会不会对自己有隔阂？能不能接受这个家庭？

然而转念一想，这个孩子经历了太多苦难，她的病痛和几次大手术，非一般孩子可以承受，是苦难的经历才造就了孩子的性格，也只有这种性格才能顽强地活了下来，孩子的生命力实在太强了。想到这里，塔米有些释然，也许，孩子将来会面对很多意想不到的困难，坚强与坚韧的性格对这个孩子有利。

塔米向我们描述了孩子被发现的过程。当时她侧卧在旅馆前的台阶上，身上盖着一个被单，但仍然遮挡不住后背上的瘤。那时她只有两个星期大。从女孩出生两周才被遗弃推断，她的亲生父母经过反复权衡，在完全绝望之后才把她抛弃的。孩子长大后，如果问为什么被亲生父母扔掉？塔米就会说，你的病太重了，你的父母实在负担不起医疗费，为了让你活下去，他们唯一能做的就是祈祷，希望有人把你的病治好，希望你能碰上好心人。

女孩比弟弟承受的苦难肯定多得多，也更坚强，好在做手术时年龄还小，不懂事，不知道怕，当然也不会记得手术的过程。但这个过程塔米知道，她看过女儿的医疗记录，知道这个孩子的病情到底有多重，手术有多复杂和凶险，女孩已经在死亡的门口走了好几个来回了。

从来到这个家庭后，女孩身体一直很健康，没出现任何异常，目前情况很不错。医生说，现在的一切就是奇迹。

按塔米丈夫的话说，自从有了4个孩子，屋里的音量一下子大了许多。4个孩子在一起特别吵。这一点与一般家庭没有任何区别。有时玩得很好，也有时候打架，贾克林与大女儿凯尔西关系特别好，这种感情可能是在新疆领养时建立的。但塔米看得出来，还是两个亲生的女儿待在一起的时候多，两个中国孩子更容易玩在一起。塔米分析，无论是在生理上，还是习惯上，同种族的孩子更接近一些吧。

大女儿凯尔西从心里接受了两个领养的孩子。她经常在学校对别人讲：我家里有两个中国孩子，一个是弟弟，一个是妹妹。她随妈妈去中国的时候刚刚8岁，这对她一生来说是一件大事。她经历了以前没有经历过的事情，用她自己的眼睛去看，用自己的耳朵去听，用自己的心去想，了解了中国到底是个什么样子。

二女儿还没有去过中国，塔米也想带她去中国看一看，让她接受一种观念，虽然孩子们看起来不一样，但内心是平等的，没有区别。塔米已经做好了打算，在 2008 年的时候，她们将举家到北京去看奥运会。她虽然两次到中国，但因为任务在身，心里有事，从容不起来，行程安排也紧，无心观赏一路风光。到那时她们一家将一身轻松，好好地观赏这个古老国家的大好河山。

在我与塔米谈话过程中，男孩贾克比从来没有一刻安静，总在捣乱，手里掂着一根棍子，到处敲敲，到处捅捅。贾克林安静许多，她对宠物小狗更感兴趣，只有二女儿凯瑟琳一直坐在妈妈身边，专心地听我们对话。我说，你让我抱抱行吗？

小姑娘像妈妈一样漂亮，听了我的话，有些不好意思，用嘴紧咬着手指头，看了看妈妈，妈妈投以鼓励的眼色，凯瑟琳这才走过来，靠在我的身上。我把小姑娘抱起来，放在腿上，她的手指头还没有从嘴里拿出来。

凯瑟琳和贾克比一起去上学前班，有校车接送。有一天，在车上一个大一些的孩子欺负贾克比，凯瑟琳挺身而出，大声斥责说：走开，你离我弟弟远一点儿！那个比凯瑟琳高出半头的男孩子被吓退了。关键时刻，她勇敢地保护弟弟。塔米为此而骄傲，别瞧平时凯瑟琳很羞涩，一紧张就咬手指头，但那种时候只有她才会站出来，其他的孩子都是不确定的。

凯瑟琳对我说，她喜欢弟弟，即使淘气也喜欢。

塔米现在有两份工作，因为家里有 4 个孩子，只能干非全职的工作，一个工作是在收养中心，另一个是做出版工作。她的丈夫是计算机行业的项目工程师，只是那天没有在家，没能见面，很是遗憾。

塔米在家里是独生女，觉得很寂寞，对大家庭有强烈的渴望。她觉得，对一个母亲来说，养孩子是最大的事情，因为孩子就是未来，孩子还会生孩子，将来就会有众多子孙围绕在自己身边，非常幸福。

我笑着说，你离抱孙子的年龄差得还很远。她认真地说，我可以等。

五、听妈妈对你说：你从哪里来

收养孩子，在中国，在美国，在世界各地，在古代，在今天，这种事情不断地发生，而且会继续发生。

1. 讳莫如深的话题

在中国，人们对领养孩子的事一直忌讳。

在领养家庭中，什么事情都可以谈，唯独领养是个忌讳的话题。养父母都会严守秘密，而且保守这个秘密是终生的。他们谨言慎行，闪烁其词，唯恐在不经意间露出端倪。或者干脆远走他乡，彻底割断是非之源。养父母宁愿把这个秘密带进坟墓，也希望养子女永远不要解开这个秘密。

养父母想尽办法回避并掩盖领养事实的苦心是可以理解的，出发点也是非常美好的。他们不愿意让孩子知道自己与周围孩子有什么不同，不愿意让孩子知道他们是被亲生父母抛弃的事实，当然也最怕孩子知道那么疼爱自己的竟不是亲生父母。唯恐捅破了这层薄纸伤了父子、母子之间的感情，影响孩子的成长，更不愿意与孩子亲生父母发生一些不必要的麻烦，比如经济问题、抚养权问题和其他法律问题，直至失去抚养多年的孩子。

然而更多的情况证明，被领养的孩子一旦发现了这个事实，"我从哪里来"就是一个终生要解开的谜，即使难解、无解也要去解。执着程度，常人难以理解。

我曾探究过这种奇特的现象，他们为什么苦苦地探究"我从哪里来"？一切已经成为过去，现在不是很好吗，探究这个问题有什么现实意义呢？其实这也是个不解之谜。

美国人是怎样对待这个敏感的问题呢？

艾琳向我提供了一部有关美国领养中国孤儿的电视片。这部电视片记录了美国家庭到中国领养中国孤儿的全过程。其中有这么一个画面令人回味：一个美国家庭领养了一个中国孩子，在离开中国的前夕，他们在孩子被遗弃的地方贴出了一张告示，上面附有孩子的照片，下面有这样一段话，是用中文书写的：照片中的女孩于 1999 年 11 月 16 日在此处被收留，她现在同她们的新父母居住在美国，生活幸福，身体健康。电视片中还有许多中国人在告示前驻足观望的情景。这个镜头给我留下了深刻印象，此举无疑出于善意，这个告示实际只是贴给孩子亲生父母看的，美国家庭希望遗弃孩子的父母看到这条消息，会放下心来，并得到心灵上的安慰。但告示上并没有留下地址和联系方式，看来也并不想与孩子的生身父母取得联系，他们只不过单向地传递一种信息。不过他们实在不必多此一举，这张告示仍然是一条线索，如果有这么一对执着的父母，借助这条消息，早晚有一天会找到孩子的去处。

我由衷地佩服这个家庭。

这种做法在美国人中有没有普遍性？

2. 历史的教训

同种族领养关系很容易遮掩过去，但不同种族的领养是很难隐瞒的。孩子长大后，可能说着地道的英语，习惯吃西餐，也具有美国人的思维方式，他们可以把自己融入美国社会，但唯独这张脸是无法改变的，人种的差异实在太大了。白种人与黄种人的区别显而易见，肤色、头发、眼睛、鼻子，等等。我曾看过一篇文章，谈到中国人的三个生理特征，一是铲形门齿，二是胎记，三是内眼角皱襞。所以有人说，把美国人的境界说得过高并不是实事求是，或许这才是美国人并不讳言领养的真正原因？

但这不是问题的全部。美国在领养国际孤儿问题上曾经走过一段长长的弯路。

玛丽告诉我，在朝鲜战争结束的 20 世纪 50 年代，美国家庭领养了不少韩国孤儿。但那时，美国养父母在抚养这些韩国儿童过程中，很少告诉孩子的来历，回避领养的事实，与中国养父母的做法相似。等这些儿童长大成人，会死盯着一个问题发问：我从哪里来？千方百计地刨根问底，追问自己的祖国在哪里，亲生父母是谁，为什么自己会被抛弃等等。无论这种努力是否能够成功，都会给社会、国家、原来所在的社会福利院、自己的养父母，乃至孩子的生身父母造成一系列麻烦。更重要的是这些孤儿没有充分的心理准备，他们会为自己的身世感到自卑、灰心，乃至颓废，造成终生的痛苦。

美国家庭领养中国儿童的经历，总的说来令人鼓舞，大多数养父母因为自己能领养到漂亮健康的中国儿童而兴高采烈。可是，这些儿童自己的感觉如何呢？她们会不会也像从韩国领养的儿童长大以后，为自己的身世深深苦恼呢？鉴于以往的教训，领养中国孤儿的美国家庭大多改弦易辙，让孩子们及早知道自己的身世，既可免除后患，也是时代的进步。

3. 孩子的知情权

美国人与中国人对待孩子被领养事实的态度上确实存在很大的差异，这还要从美国人与中国人的观念上探求根源。

美国人似乎更尊重人的知情权，办事力求透明。他们觉得孩子有知道自己身世的权利。

玛丽的说法也许更能代表美国人的思维方式，在领养老大尼卡后，她就持续不断地告诉尼卡她是领养的孩子。为什么要告诉孩子这些？因为她认为孩子虽小，也有知情权。即使你不说，她将来总有知道的一天。与其晚知道，倒不如早知道，与其被动地知道，不如主动地告知，与其被人风言风语地议论，倒不如正大光明说得一清二楚。

还是在尼卡很小的时候，她一直在告诉尼卡她不是自己的亲生女儿，而是从遥远的中国领养回来的。但小小的孩子无论如何也不能理解母亲话语的含义。她甚至奇怪地问，你为什么不是我的妈妈，你凭什么不是我的妈妈，你对我多好啊？妈妈告诉她，你不觉得我们长得不一样吗？奇怪的是尼卡和母亲、和周围的美国兄弟姐妹待在一起的时间长了，她竟分辨不清自己相貌与周围人有什么差别。

中间还出现过一个插曲，辛辛那提与中国柳州是姊妹城市，两个城市互相交换留学生。有个名叫丽萨的中国留学生在玛丽家里住了很长一段时间。她和尼卡成了非常要好的朋友。后来丽萨回国了，尼卡舍不得丽萨，哭得十分伤心，每个月都要给丽萨打电话。玛丽也非常难受，但苦于无法帮助她，人有感情不难理解，但如此伤心就有些过分了，玛丽隐隐约约觉得有什么不太对劲儿。原来，尼卡把丽萨当成了自己的生身母亲。那时尼卡只有5岁，不知道美国离中国到底有多远，她头脑中的概念还很模糊。

于是玛丽向孩子承诺，一定要让她去中国，去见丽萨。

后来有一个团到中国收养孩子。玛丽带着尼卡随团来到了南宁。刚到南宁，她们走在街上，就有很多人不时回过头来看。尼卡非常奇怪，问妈妈，他们为什么总是看我们？妈妈告诉她，咱们俩长得不一样。尼卡仍然不明白，你是我的妈妈，为什么不一样，咱们哪儿不一样啊？她们来到南宁的孤儿院，玛丽买了一大箱子礼物，以尼卡的名义送给了孤儿院的孩子们。又坐火车赶到柳州，尼卡终于见到了想念已久丽萨。一见面尼卡就哭了起来，紧紧地搂住丽萨。丽萨陪着尼卡玩了整整一天。后来玛丽又带着尼卡去了北京。当时已是深冬，北京下过了大雪，尼卡在长城上玩滑梯的游戏。

因为这个团的使命是去中国领养孤儿，尼卡亲身经历了一次领养的全过程，对自己的身世有了一个感性认识，因此这个经常听妈妈讲的故事一下子变得真实起来，现在她甚至能够向别人讲述怎样领养孩子。

知道了这一切，尼卡眼前的天地一下子开阔了不少，原来她只是生活在美国一个国度里。现在她还知道，在中国有和她一样的人，那里有她的很多朋友。

中国一行，尼卡还知道了与玛丽并非亲生母女关系，但玛丽觉得孩子与自己更亲近了。

后来玛丽又带老二佳佳去了一次中国，同样体验了领养孩子的过程。

玛丽告诉我，她非常希望找到孩子的亲生父母，说到此处，玛丽十分动情。

有一天晚上，尼卡姐妹 3 个已经睡着了。她们紧闭着双眼，发出轻微的呼吸声。玛丽静静地看着 3 个女儿在想，这些孩子就是自己全部爱的所在。几年了，她们从那么小长到今天，真不容易，看着看着，她就哭了。她是为这些孩子的亲生父母而哭泣。因为这么可爱的孩子他们却没有机会去抱一抱，抚摸一下。就在此时，她有一种马上找到孩子亲生父母的强烈愿望，让他们见到自己的孩子，也让孩子见到自己的亲生父母，她甚至设想过她们母女、父女相见的场面，那该是多么动人的一幕！当然这不是件容易的事情，路途迢遥，音讯渺茫，这一天到来也许得等 20 年，也许是 30 年。她觉得老二佳佳、老三贝卡更容易找到自己的亲生父母，因为她们出生的城市更小一些。尼卡可能会很困难，她出生在大城市，人太多了，地方也大。但她有信心，在南宁和柳州有那么多朋友，会给她帮忙，她希望这一天很快到来。

布鲁斯领养美力的地点在南宁。但据孤儿院的人说，美力是在柳州被遗弃的，布鲁斯油然而生出了去柳州的冲动，然而人们都知道，去遗弃孩子的地方是很犯忌讳的。显而易见，越是远离孩子遗弃的地点，越是能够彻底切断与其生身父母的联系，他们将来的生活越容易平静而不受干扰，但布鲁斯想去柳州的愿望非常迫切。同时他还要看一看柳州，这毕竟是孩子出生地啊！否则等孩子长大后，问起故乡山水，他该如何作答？在柳州的孤儿院里，保育员们认出了这个孩子，很是激动，对她喊，你好，美力！

朱丽叶是美力的姐姐，是布鲁斯夫妇的亲生女儿。美力在朱丽叶的眼中是什么样子？布鲁斯很是在意。他必须让朱丽叶接纳美力。因此当初去中国领养美力的时候，他带上朱丽叶同行，她希望朱丽叶明白这个家庭成员是怎么加入进来的。曾有人好意劝阻，但他坚持做出了这个决定，事实证明他的做法是明智的。朱丽叶这个只有 4 岁的孩子记性极好，对所经历过的事情，能完整清晰地叙述出来。这正是布鲁斯夫妇所期待的。

令人感动的是美力被遗弃后的一段时间，曾寄养在中国一个家庭，布鲁斯一家与那个家庭至今保持着密切联系。至于孩子将来是不是要寻找自己亲生父母，布鲁斯先生态度很明确，这要由孩子自己做出决定。

六、强化中国文化

当中国儿童进入美国家庭以后。他们将面对一个陌生的国度，是与他们的种族、文化背景完全不同的国度。

我想起了在云南听到的一个故事。

你在大陆，见不到一棵椰子树，但只要一踏上海南的土地，就会四处可以见到迎风站立的巨大椰子树。椰子树是海南的标志。但云南的西双版纳是个例外，因为这里也属亚热带，而且也有椰子树种植。刚引进时，椰子树也会长得很高很大，但就是不结果。按说气候相似，为什么只生长不结果呢？后来专家找出了原因，海南是个岛屿，土壤含有盐分。把盐水浇入西双版纳的椰子树根部，于是这里的椰子树也开始结果了。

故事的真实性我没有考证，但给我的印象深刻，并宁愿相信这是真实的。

我觉得这个故事中西双版纳的椰子树与进入美国的中国儿童有相似之处。你提供了她们充足的衣食，以及生活的一切保证，甚至给了他们不可缺少的母爱，但似乎还缺少一种东西，而这对于她们健康成长又是不可缺少的，这就是她们母土的文化传统。

1. 一个具有中国背景的家庭

艾琳的丈夫菲律普是个华人，公公婆婆也是华人。菲律普是在美国长大的华人第二代。在我接触的 4 个美国家庭中，艾琳这个家庭中国文化背景最为浓厚。

然而在菲律普少年时代，特别是到了高中时期，对自己华人的身份很是排斥，不喜欢与华人交往，不喜欢中国食品，更不喜欢汉语，这种情况一直延续到大学毕业。

菲律普参加工作后，有了自己的朋友，有了自己的社交圈，这才知道不论你是哪一个种族，只要做得好，都会得到社会的承认与尊重。这时他有了一种民族回归感，想学习中国文化，可惜为时已晚，现在他只会说很少的一点儿汉语。

我在美国生活的 3 个月时间里，这种情况耳闻目睹已经很多。在华人的第二代中，对自己身份的不认同，甚至反感的并非少数。我参加过辛辛那提华人举办的中秋晚会，认识了一对中年夫妇，与他们聊得很投机。他们十六七岁的女儿也出席了，小姑娘很漂亮，是那种不同寻常的漂亮，只是有一种冷美人之感，她的神情与热烈喜庆的气氛极不协调。在两个多小时的联欢活动中，一言不发，表情冷漠，没有起身跳舞，或者参加什么游艺活动。我对出席晚会的留学生说起这个女孩，那个留学生说，他认识这个姑娘，让她说话？跳舞？能参加今晚活动就是给爹妈老大面子了。前次他与几个留学生应邀到她家吃饭，她的父母招待非常殷勤，然后就招呼女儿下楼与大家见面，任凭这对夫妇喊破了嗓子，姑娘始终没有露面，弄得主人十分尴尬，吃饭的气氛相当沉闷。这对夫妇只好说女儿今天身体不舒服，但留学生们心里都清楚，她是不愿意与中国人交往。

有很多在美国出生的华人，或是很小就来到美国的中国人，看不惯父母的做派，听不惯父母带有中国口音的英语。他们想方设法融入美国主流社会，但到了一定年龄才发现，你总想成为真正的美国人，你的所有努力都是徒劳的，即使你的语言、举止、生活习惯、思维方式，等等，完全美国化，包括加入美国国籍，但人家还会称你为华人，最多加上美籍两个字。在美国这种多元化的社会，有很强的包容性，种族意识越来越淡薄。有人说，美国是个大熔炉，可以熔化掉所有种族之间的差异。不过，对于生活在这片土地上的任何一个人来说，你首先属于某一个种族、民族，然后才是美国人，这一点与汉民族占绝大多数的中国不同，与日本、韩国这样单一民族的国家更不相同。在美国这个国度里，许多民族，比如韩国人、日本人、印度人、阿拉伯人、南美人，民族意识都很强，为自己的民族自豪，而且顽强地保持自己的文化，包括很张扬地过自己的民族节日。

我曾和儿子探讨过这个问题。孩子说,这种问题,大多是发生在孩子的高中阶段。这是一个危险的年龄段。其实在国内,这种现象也很普遍,十七八岁,孩子自立意识增强,对家庭容易产生疏离感和逆反心理,家长与孩子处于冷战状态的不在少数,让众多家长颇感困惑、伤心与恼火。只是在美国出生的第二代华人所处的社会环境更为复杂与敏感,所以表现更为强烈。这是问题的一个方面,另外中国人与美国人相比,大多生活拮据,社会地位低下,这是显而易见的事实,你能要求一个孩子有多高的精神境界和心理承受能力?

不过一些有见地的华人做得现实而且自信。和我相识的一位教授,在自己的楼门上贴了一个福字,以此告诉周围邻居,这里住着华人。在这种环境下长大的华裔,心态平和,自信心强,避免了一段人生弯道,更容易融入美国社会。

艾琳说,如今丈夫能够领养中国孤儿,说明他已经欣然接受了中国文化。

艾琳准备明年让两个孩子开始学中文,授课时间在星期天的下午,等够岁数就送她们上中文学校。平时让这两个孩子经常和父亲的亲戚多来往,多参加华人的活动,比如出席传统的华人婚礼。

两个孩子都喜欢喝茶,喜欢吃中国菜,最喜欢的菜是甘蓝。丈夫最近买了个煤气炉,火力特别大,适合烧中国菜。

艾琳每年都要组织两个活动,一个是中秋节,估计有100到200个家庭参加;另一个活动是春节,有250到300个家庭参加。由于丈夫的背景,艾琳比较容易接触到中国文化,但更多的家庭没有这样的条件,她认为应该给他们一个机会。这项工作开展得并不顺利,遇到一些困难,主要是资金问题。这种活动属民间性质,筹集到的资金不多,有时连月饼都买不起,只能领着孩子们看圆圆的月亮,名曰中秋赏月。辛辛那提大学一位研究国际收养问题的学者生气地说,没有月饼怎么算是过中秋节?艾琳觉得他说得很对,但只能表示无奈。

2. 布鲁斯下大力气学汉语

在这几个领养中国孤儿的家庭里，对中国文化下功夫最大的当属布鲁斯先生。

布鲁斯感慨道：学习汉语太难了！他曾走过一些弯路，一开始听录音带，但语速太快，根本无法分辨，学了一段时间，效果不大。于是改变策略，请中国留学生当老师，一个星期教一次。并把教学过程录音，在开车的时候仔细听，慢慢消化。他还买了三四本参考书，有句法的、语法的。那段时间十分着迷，热情也高，效果非常明显。最多时可以写 100 多个汉字，一些家常话说得很流利，比如我爱你、你好、谢谢、再见、我有一个在中国出生的女儿、好极了……

去中国之前他特意学会了"我不吃肉，我爱吃豆腐和青菜"这句话。我问他，你信佛教吗？他说不信，只是觉得不应该吃小动物。

布鲁斯学汉语的动因是要领养中国孩子，他要给美力创造一个更适宜成长的环境。同时他喜欢汉语的发音，音调很好听，也喜欢中国文字，那种方块字的形状很艺术，符合美学标准，但学汉语不是件易事，所以也不想学得很精。

布鲁斯对我说起了印象深刻的一件事，发生在中国的桂林。那天早晨，太太和美力还在睡觉，他一个人信步走到宾馆附近的一家公园。树林中弥漫着大雾，突然听到一种好听的声音，他是搞音乐的，对声音十分敏感，知道这是在练习发声，俗称吊嗓子。但这是一种他并不熟悉的曲调，似乎是中国的一种戏曲，声音高亢激越，妙不可言。公园里到处都是雾气，只有这个声音在回荡萦绕，穿透力极强。他恍若置身于梦中，于是循着声音去找。但走了一会儿，他停住了脚步，为什么要把这个谜解开呢？还是保留这种如烟似雾，如梦如真的感觉更好。

他忘不了桂林的雾气，还有那音乐。

临回国的时候，他买了不少 CD 盘，全是中国的民族音乐。他从来没有接触过中国民乐，更不懂中国的乐器，比如二胡、古筝、笛子、扬琴、唢呐之类。一开始听上去全是噪音，非常不习惯。不过，后来听的时间长了，他开始对这种陌生的音乐产生了兴趣，也听出了门道，感觉到了其魅力所在，噪音变成了乐音，而且能分辨出其中的地域差别，还有乐曲表达的各种情绪和思想。在他看来音乐是无国界的，是世界通用语言。能有这种理解，当然与他的音乐修养是分不开的。

他之所以学习中国音乐当然还是为了他的美力，在自己的家里，播放中国乐曲，既是艺术的，也是民族的，让孩子耳濡目染，陶冶性情。

布鲁斯还有一次择邻而居的经历。那次搬家是经过了慎重选择的，他找房子的条件之一是离工作单位近，之二要离孩子学校近。有一处房子比较合适，正在磋商之中，得知周围邻居中，有一家是中国台湾人，一家是日本人，有一家是韩国人，还有一家男的是中国人，女的是日本人，更巧的是有一个家庭也收养了中国的小孩，他马上拍板：就是这儿了，搬家！布鲁斯很高兴，周围有这么多亚洲人，这里是一个打着灯笼也找不着的好地方。

3. 孩子的错觉

塔米的大女儿凯尔西有一个好朋友，是个中国人，两家相距不远。塔米觉得有这样一个邻居对领养的两个孩子很有利，就邀请这个中国小姑娘到家里做客。贾克林和贾克比也很欢迎。他们上前问：你也是从中国领养来的吗？你妈妈是白种人吗？把那个孩子问得摸不着头脑，塔米也非常惊讶，孩子怎么会提出这样奇怪的问题？塔米不得不仔细琢磨了，为什么会有这种错觉？她意识到孩子与外界交往太少。后来，她带女儿贾克林到中文学校上课，见到了很多中国儿童。贾克林才知道中国孩子与他们的来历并不相同，更多的中国孩子的父母也是中国人，他们有的出生在美国，也有的出生在中国，或其他国家。

塔米在领养中心有一个非全职工作，因此与这种家庭打交道很多。在这些家庭中，对待中国文化的态度并不一致，大致可以分为三类，一类是力主保留中国文化，另一类觉得没有必要，还有一类持无所谓的态度。

塔米对保留中国文化有着清醒的认识。她说，你既然收养了一个中国孩子，理应让这个孩子了解自己的文化，这是养父母的责任。这种文化的熏陶对孩子成长非常重要，正像一棵树必须有根一样，无根之树早晚要枯萎的。这个问题解决不好，将来肯定要出麻烦。孩子是华人，是亚裔，这是写在脸上的，想回避也回避不了。

据塔米所知，被收养的俄罗斯和其他独联体国家的孩子，多少能知道生身父母的一些信息，但中国孤儿亲生父母音讯渺茫，无从了解。因此尽可能多地向孩子介绍中国的情况，保留孩子母土文化更显得必要。

4. 玛丽一家只支持中国跳水队

玛丽尽量让孩子更多地接触中国文化，那次中国杂技团到辛辛那提演出，她带着3个孩子前去观看，一家人都很兴奋，只是老三贝卡后来睡着了。她还带孩子们参加中国音乐会，听琵琶和二胡独奏，并让孩子记住这些乐器的形状。

去中文学校是让孩子接触中国文化的另一种方式，大女儿从3岁开始上中文学校，每个星期天上一节课，玛丽也跟着听课。后来所有的孩子都去这所学校上学，包括姐姐的孩子爱玛。一开始课程简单，唱中国歌，认识身体各部位，后来难度加大，连玛丽也接受不了了，辅导起来很困难。因为这所中文学校面对的是中国家庭，家长都是中国人，课程进度快，她这样的家庭也就只有勉为其难了。

2004年的雅典奥运会，玛丽和孩子们一起看电视。她们只支持两个国家，一个是美国，另一个就是中国，玛丽姐姐的孩子爱玛更极端，她只支持中国跳水队，因为中国跳水队实力强，动作也最优美。

5. 辛辛那提的姊妹城市柳州

我的几个采访对象不约而同地提及中国的一个城市——柳州，她是辛辛那提的友好城市。

柳州是我国一座名城，别名"龙城"，是一座具有 2100 年历史的古城，是一个以汉族为主的多民族聚居城市，是广西的侨乡之一。还是传说中的歌仙刘三姐的故乡，全市总人口 175 万，其中市区人口 88 万。

辛辛那提市区人口 38.5 万，地区总人口 165 万，是俄亥俄州第三大城市。人口构成主要有白人、黑人、亚洲人等。

从以上简单的资料不难看出，这两个城市有很多相似的地方，无论是城市规模，还是在本国所处地位都相差不多。当然还有许多共同点，都是山城，都有一条河从城市流过，穿过柳州的是"江流曲似九回肠"的柳江，而流过辛辛那提市的则是美国大作家马克·吐温笔下多次出现的俄亥俄河。

这两个遥远的城市是怎么走到一起来的？

1988 年 5 月 5 日，柳州市与美国辛辛那提市缔结为友好城市。双方在开展政府间互访活动的基础上进行了经济、旅游、新闻、医疗卫生等方面的考察、访问，着重在文化教育交流方面做了很多工作。

两市的教育交流始于 1988 年 11 月份。90 年代初，柳州市选派一些中学教师和翻译人员到辛辛那提进行为期 6 个月的英语培训和教育交流活动，他们分别住在美国友好人士家里，在多所大、中、小学进行教育交流活动。与此对等，辛辛那提市的教师与学生也到柳州交流。进入 21 世纪，这种交流活动更加频繁。

辛辛那提许多领养中国孤儿的家庭，从这个窗口知道了柳州，了解了中国，了解了中国人，也给自己的孩子寻到了"根"。

那些年，经常有柳州教师赴辛辛那提进修。玛丽把这些教师请到自己家里居住。她在厨房做饭的时候，教师就和孩子一起玩，教孩子唱儿歌，唱些什么歌儿？玛丽能用中文说出"小兔儿乖乖"。吃饭时，老师就会说，这叫冰激凌，这叫饺子。丽萨是来到她家的第一个中国教师，也是与辛辛那提多个家庭保持密切联系的好朋友。丽萨在玛丽家里住了 3 个月，与尼卡感情很深。

玛丽觉得，对自己家庭影响最大的还是中国柳州的教师，她每年都会接待这些教师，到今年已经是第四个年头了。今年共有6个中国教师住在她家。一般住两三个星期。那年中国老师到来时正赶上万圣节，她去超市买了南瓜，教他们刻小人，雕刻成各种图案，向这些中国人介绍美国文化。这些中国教师也给他们讲故事，做中国饭菜，让他们了解中国的文化。

玛丽不光把中国教师请进自己家里，还把中国教师领到美国课堂。同样，美国教师也被介绍到中国课堂。当然两个城市还有其他方面的合作与交流。虽然起源并非领养中国儿童，但领养活动对两个城市的交流肯定起到了锦上添花的作用。

布鲁斯夫妇的孩子美力来自柳州，当布鲁斯夫妇确定从中国柳州领养孩子以后，通过玛丽认识了丽萨，于是丽萨与孤儿院联系。孤儿院有时会让周围的家庭帮助抚养将要被领养的孩子，丽萨找到了这家人，跟孩子一起做游戏，还拍了不少照片。在布鲁斯去中国前的两个星期，这些照片由柳州派到辛辛那提进修的教师带过来。这样布鲁斯得到了孩子更多的照片，对孩子情况有了更多的了解，这个孩子就是美力，当年玛丽领养尼卡的时候，只得到了3张照片，艾琳更少，只有两张。

艾琳说，最近中国柳州的教师有一个新计划，每年组织一批美国人参加在中国举行的英语夏令营。她很感兴趣，但由于孩子现在还小，所以暂时没有时间。再过三四年，她将带着孩子们一起去中国，由她担任英语教师，在那里待上三四个星期。

七、中国留学生志愿者

与领养家庭交往密切的中国人中，还有一个很大的群体。这就是在辛辛那提大学读书的中国留学生。

辛辛那提大学华人学生学者联谊会主席徐俭女士向我介绍了有关情况。

2004年的6月12日，辛大华人学生学者联谊会与辛辛那提收养中国孤儿协会联合举办了一个"龙舟节"，纪念中国的端午节。出席这个节日的有近百个美国家庭和30多个中国留学生志愿者。

这个活动是在一个中学举行的。他们按中国的地域分为北部、中部、南部3个地区，每个地区备有地方特色的中国食品、中国游戏和中国书法。北部的食品是饺子，游戏是跳大绳、跳小绳、跳皮筋；中部的食品是粽子，游戏是踢毽子；南部的食品是汤圆，游戏是唱歌。他们展示食品的方式是让两个人在那里现场操作，包饺子、包粽子、做汤圆；做游戏是由两个人在那里摇绳，教给小孩儿跳绳；书法是摆开纸墨，让书法好的留学生用毛笔现场书写汉字。美国家长领着孩子来这里游玩，像逛超市，更像赶庙会，喜欢什么玩什么。应该说，中国留学生会组织的活动生动、有创意，具有中国特色，在美国本土上，这么地道、这么原汁原味中国玩意儿太难得了。活动举办很成功，这些已经美国化了的中国儿童在娱乐之中，体验了中国的民族文化，对于渴望中国文化的美国家庭，实在是一次求之不得的机会。

学生会还组织了一个"大哥哥大姐姐活动"，将有兴趣的学生和领养孤儿的美国家庭配对，让学生与家庭建立联系，美国家庭请中国留学生到家里做客，一起包饺子，与小孩子做游戏；还有的留学生带一些有英文字幕的中国电影、中英文对照的图书，来到美国家庭，教孩子学习汉语。这个联系将是长期的，参加者多是工学院的学生。因为工学院里美国人比较少，这种活动无疑给他们提供了学习英语的机会，所以说这种活动是互利双赢的，双方热情都很高。

在那次农场的中秋晚会上，我亲眼看到中国留学生会负责人廖燕女士在会场上发放表格，美国家庭反应热烈，报名十分踊跃。

八、血缘、重男轻女、望子成龙与养儿防老

在采访塔米即将结束的时候，她向我提出了一个问题：你们中国人是怎样养老的？我说，具体到我，退休后有工资，有医疗保险，养老是有保障的。塔米说，她去中国领养孩子的时候，专程去过中国的孤儿院和养老院，对中国的养老问题做过调研。中国养老问题在城市好一些，但农村老人没有任何保障，只有靠孩子，但中国的习俗是女儿要嫁出去，是人家的人，只能靠儿子，重男轻女就是必然的，特别是在农村，这种观念尤其严重。她用探询的口气问：是不是在城市，比如对你来说，这种观念要淡一些。我点头称是。塔米最后说，子女赡养老人，可能是你们中国人的传统。

然后她说到自己，在美国，退休金来自3个方面：社会保障、养老金计划和个人储蓄。退休之后经济就不会成为问题，自己能够养活自己。塔米的愿望是子孙满堂，也希望老了以后得到孩子的照顾，她深信孩子们会这样做，但并不依赖她们，不能拖累孩子，更不能成为孩子的负担，孩子有她们自己要做的事。

塔米的话让我明白了一个简单的道理：人总有老的一天。32岁的她已经想到养老问题。养老是需要经济做保证的，但这个经济保证是来自社会还是来自儿女，换句话说，是社会养老还是养儿防老，这是问题的核心。

在美国，如果把父母抚养孩子比喻成一种契约关系，那么这种契约是有时限的。到了孩子18岁那年，契约自然中止。也就是说家庭与孩子两清了，家长对18岁以上的孩子再无抚养责任，所谓养小不养大，而孩子对老人则没有养老的责任。

中国的父母与儿女的抚养契约是无限期的，而且是双向的。父母不光要养儿女的小，还要养大，包括上大学，而且要养儿女的儿女，子子孙孙是没有穷尽的；而子女呢，则必须养父母的老，这是法定的，不养老犯法，要受到法律惩处。

循着这个思路，我们可以撩开脉脉亲情的面纱，看到后面隐藏的实质。

与西方相比，在我们这个号称礼仪之邦的文明古国，亲情、天伦之乐显得尤为温馨与动人，特别是母子之情，更是圣洁而且无私的。但如果我说，母爱是有私的，是一种利益关系，是投资与回报的关系，如何？也许我的看法会招来一片骂声，甚至会挨几块板砖。

但按照这个思路，那些困扰我多时的问题、无解问题都找到了答案。

美国人对待血缘关系，生男还是生女，望子成龙还是让孩子快乐，远比中国人来得潇洒和豁达，中国人在这几个问题上，显得十分沉重、执着与计较，用句时髦的话就是"死磕"。这几个问题太致命了，是无论如何也潇洒不起来的。

其实中国人的血缘观、重男轻女、望子成龙，指向都是一个，就是养儿防老。只有亲生的、足够强壮的、富裕而有地位的男性孩子，才能更好地担当起扶养老人的责任。

我并不排除中西方的民族传统、文化与价值观等方面存在着巨大的差异，但最核心的还是物质基础的问题，是形而下的客观实际，而不是形而上的玄虚缥缈。

赡养老人由私人化向社会化过渡，是一种文明，也是一种进步，更是社会发展的必然趋势。中央电视台 2005 年 6 月 19 日的《新闻会客厅》节目传达了一个令人振奋的信息：中国农村独生子女或只有两个女儿的家庭，如果老人年满 60 岁就可以享受每年 600 元的奖励，两个老人就是 1200 元。不要小看这笔钱，依照中国农村的生活标准，特别是西部，1200 元并不是一个小数目。农村独生子女或只生女儿的家庭养老有了初步保障，这无疑是一个非常人性化的政策，也是中国走向社会养老的重要一步。也许我国在不久的将来达到足够富裕，实现全面社会养老也会成为现实。假定那一天真的到来，维系了几千年的家庭伦理大厦会不会訇然倒塌？这是一件好事吗？我说不清楚。

在对待子女问题上，也许从宗教中也能找到答案。我曾去过美国的教堂，在谈到家庭问题的时候，牧师说道，在一个家庭中，丈夫与妻子是互相归属、互相依托的关系，妻子应以丈夫为中心，而丈夫也应以妻子为中心，夫妻关系才能和谐，家庭才能美满；而孩子是上帝赠予家庭的礼品，不是属于父母的，而是属于上帝的（我理解为属于社会），孩子并不是家庭的中心。这些话让我心里一惊，是一家之言，还是社会共识？后来，与许多在美国生活的人谈到这个问题时，看法大同小异，青年在美国领取结婚证的时候，在教堂举行婚礼的时候，都要接受家庭伦理的教育，说法如出一辙。这与中国人的传统理念、现实观念相差甚远。

我在美国看到了这样一件事：那天，我和孩子去超市买食品，我看见一个白人老妪，七八十岁的样子，一脸的皱纹如同大干枣。刚从超市出来，她一步一步挪动着脚步，颤颤巍巍，双手还提着不少塑料袋，走到自己的轿车跟前，她停了下来，把塑料袋放在地上，打开后备厢，把塑料袋一个一个放进去。然后走到车前，打开车门，艰难地坐进驾驶室，车门轻轻地关上了，没有声响。但车没有马上启动，透过车窗，我看她还在调整自己的呼吸，好一会儿，车子才徐徐地开动了。我一直目送着车子远行，直到车子脱离我的视线，不知为什么，我觉得车行的轨迹也像她的步履一样，有些蹒跚，但我知道这只是一种感觉。如果真是如此，驾照早被收回了。

那一刻，我的心里酸酸的，衣食无忧并不是养老的全部意义。

我当然乐于接受美国养老的物质条件，但又希望保留我们中国传统家庭的温馨。也许这只是一厢情愿。

九、一个动人的故事

十几年前我曾读过美国学者迈克尔·哈特的一本书《千秋功罪》，书中列举了世界历史上最有影响的 100 人，这本书与众不同之处在于，并不那么看重政治家、哲学家、科学家、艺术家的历史地位，他们要么名次靠后，要么忽略不计，而世界三大宗教领袖占有显赫位置，仅名列前五名的人物中就占了三位，穆罕默德、耶稣、释迦牟尼分占第一第三第四位置。刚看这本书的时候，对其人物排序方法，我颇不以为然，只是将其看作一家之言。

在美国的 3 个月，我见到了那么多的基督教教堂，我居住的一条小街上就有两座，百分之八十的美国人信仰基督教。即使在科技突飞猛进，信息爆炸的今天，宗教的影响力仍然是强大的。规范与约束人们行为的标准与其说来自法律，还不如说来自信仰。如果做善事不是个别品德高尚人士所为，而是群体行为的时候，我们不得不从信仰上寻找原因了。

玛丽正式决定领养孩子那天是 1995 年 12 月 25 日，正好是圣诞节。她不知道将来领养的是哪一个孩子，一切都是未知数。那一天，她在日记上写下一个愿望，希望领养的孩子和自己的生母在一起度过圣诞节。

后来她领养到了尼卡。在孤儿院的记录上，查到尼卡是 12 月 27 日被发现的，据此推测，圣诞节这一天，孩子确实和生母一起度过，她许下的愿望实现了，她非常高兴，为尼卡高兴，也为尼卡的生身父母高兴。

我的心被深深触动了。好心的人啊！

这个世界太大了，每天都有动人的故事发生。

大师兄王坚

王坚，上海人，生于 1974 年。1997 年清华大学环境工程系毕业，曾在上海和北京工作。1999 年赴美国留学，现为美国辛辛那提环境工程系在读博士生。

辛辛那提大学在读的中国留学生中，王坚是年龄比较大的一个，也是来美国比较早的一个。在留学生中是很看重年龄和届别的，讲个长幼尊卑，很尊重自己的师兄和学长。

在这些留学生中，王坚是师兄，你不叫不行，不承认也不行，年龄与资格在那儿摆着呢！但让人从心眼里把你当大哥、大师兄看待，服你，敬你，可就是两码事了。我看王坚当之无愧，名至实归。王坚的性格比较内向，显得沉着、稳重，不事张扬，不大喜欢高谈阔论，但很自信，很有主见，一副成竹在胸的样子。那些小师弟小师妹有了要拿主意的事也常向他讨教，有掰不开镊子的事也向他倾诉，很是信赖。其实他比他们大不了几岁，在我们眼里，还是个孩子。

一

王坚生在上海农村，也长在农村。小学是在村里念的，初中是在镇里读的，高中考到了县里，这所高中教学质量不错。王坚一直就想考清华大学，这个念头是在初中时萌发的。初中有个教师就是清华大学毕业的，很有水平，很有抱负，因而就很受王坚推崇。老师好，老师的母校肯定也错不了。

1992 年填报高考志愿的时候，王坚很想到外面闯一闯，只填了一个上海的大学，其余全是外地的。拿回去给家里人看，母亲一看就哭了，王坚说，别哭，咱们改！后来颠倒过来，只留了一个清华大学，其他都报了上海的。

后来就考上了清华大学。这所高中以前有考上复旦大学、上海交大的，但清华大学还是十几年来的第一个。

上海人求学的观念有点儿怪，觉得出国留学比如去日本、澳大利亚都不错；如果留在国内读书，全报上海的大学，其他地方的学校都不报，哪儿也没上海的大学好。

临走的时候，有个教师向他传授经验，北京那个地方冷，那是指室外；屋里有暖气，比上海暖和多了，所以不必穿棉袄，带个军大衣就行了，出门往身上一披，方便。1992年那会儿，军大衣是挺时髦的服装，便宜实惠。清华大学校园里，女生穿这个的也不少。爸爸妈妈送他去清华大学的时候，学校里还兴一种布面塑料底鞋，就是北京人说的懒汉鞋，他们一家人看着奇怪，后来觉得很实用，妈妈也买了一双穿上。军大衣兴了一年，第二年就没有人穿了，从此在清华园销声匿迹。当时物价不高，吃饭每月120块钱左右，还吃得挺好。学费更便宜，只有300元，连住宿费在内，跟白念差不多。下一届已经是700元了，到2003年时，学费已经涨到6000元，住宿费1500，涨得够快的。

清华园的5年大学生活，一晃而过，给他留下印象的还是在学校团委做的社会工作。

王坚去团委工作其实是冲图书馆去的，在团委工作可以借很多书，有点儿特权。做团委工作的同学大多对政治感兴趣，很容易就走上了从政道路，其实清华虽然是所工科大学，但培养出来的学生不全是专家学者，会走各种不同的路，哪条路都能走通，这里聚集着一批高智商的人才。有一部分还走上经商之路，有的学生在学校就倒腾一些东西，给以后经商做了铺垫，甚至还有的念到一半就休了学，专心去做生意，学校同意保留学籍，这些事网上炒得挺热。

不过王坚是铁了心搞技术的。1997年，从清华大学毕业后他就去了上海。他的想法非常简单，学工科的，就得找一个工地，做工程，积累经验，从基层做起。他对自己的未来很有信心。

他去的单位是上海住宅总集团，这个单位很多年没有招到过清华大学的学生，对他很是器重。再一看履历表，在团委干过，更是喜出望外。

刚到这个单位，领导就让他组织活动，差点儿把他引上另外一条道路。那一年，这个公司招聘了好几十个应届毕业生，公司要开一个隆重的联欢会，想找个主持人，王坚自然是首选。其实这是个误会，王坚在团委并没有干过多少出头露面的事，空顶着个"大轰大嗡"的虚名。这次硬逼着也就上了，效果还不错，当个主持人王坚还是绰绰有余的。接下来的中秋节晚会，主持人的事自然又是王坚的，那时他已经下到了基层，他的师傅说，你在这儿肯定干不长，早晚得调上去，那段时间上上下下都挺器重王坚，领导还找他谈话，让他争取入党。

不过王坚一直想出国，清华大学的同学都想出国。他只在这家公司呆了3个多月就辞职了，还交了1万多块钱的违约金。

他第二次到北京，上了新东方学校，准备考GRE，但他首要的是生存，必须找一份工作。两年之内，前前后后换了四五个公司，那是他最漂泊不定的一段时间。

一开始到一个学长办的公司，那个学长一见面就给他戴高帽，说他有天生的经营能力，让他搞推销，其实王坚知道自己的长处和短处，他并不具备这方面的才能，再说又没有什么社会关系，这个工作很难开展。但公司是按效益发工资的，看你推销成果，这下苦了王坚，干了一段时间，实难适应，就离开了这家公司。他找了一个做体育广告的公司，与自己的专业毫不相干，这时也顾不上那么许多了，先挣到钱再说，就与一些做广告的人打交道，这个群体的人员很复杂，五行八作的都有，真正搞专业的并不多，但都是些老江湖，适应能力很强，属于在社会很能混的一群人，王坚夹在其中，有些格格不入。

后来他参加了一次招聘会，有个清华大学的校友，卖计算机硬件，就决定到校友那里试一试。这个校友是本科毕业生，开始创业的时候蹬着板车，在北京卖电脑机箱。到此时，已经有几千万资产了，这是个能人，只比王坚早毕业三四年。

于是王坚就到中关村卖电脑了。他住在中关村，租了一间房子，黑而且小，最难办的是冬天自己生炉子。王坚是南方人，哪见过这玩意儿。他自己买来蜂窝煤，上邻居家夹过来一块烧红的蜂窝煤引火。中午饭在公司吃，晚饭自己做，有时也到街口买点炒面之类。生活艰难点，这些都能忍受。最难受的是，每个星期还要给家里打电话，报喜信儿，哪有什么好事？拣好的说呗，没好的就编瞎话，只怕父母担心。

我能理解王坚当时内心的苦涩，这是孩子懂事，对父母的一片孝心，家长哪里知道孩子在外面遭的罪，还有内心的苦闷。王坚说到此处轻飘飘的，一带而过，但在我内心却掀起了不小的波澜。作为家长，我也有过同样的经历。儿子到美国后，我听到的全是喜讯，天蓝草绿，有车开，有房子住……因此一直认为他在美国幸福无比，天堂一般，这次到美国探亲，所见所闻也确实不错。可是时间长了，我才知道这些年他们是怎么过来的，特别是刚来的那段时间，孩子在报喜的同时，其实隐瞒了很多的艰难。

干了几个月后王坚觉得仍然不是长久之计，就决定另谋出路了。现在这个企业发展得不错，产品已经远销国外，有计算机机箱、显示器、MP3、闪存，他还有哥们在那儿打工，月薪已经上万，前些时候到德国去了，开拓欧洲市场。

1998 年 8 月份，听说清华大学系里的环保公司招人。王坚有点儿动心，起码可以在学校解决住处，再也不用骑车上班了。此时他已经卖了好多台电脑，不像刚刚毕业的大学生那样磨不开面子，办事畏畏缩缩了。他抓起电话就直接找公司经理，这个老师很爽快，让他马上过来面谈。

这个老师是个博士，没教过王坚，互相也不认识。他们谈得很投机，再说又是系友，彼此信任，王坚就在这里上班了。从1998 年的 8 月份一直干到 1999 年 9 月份出国为止，是干得最长的一个单位。在这个公司的经历，对王坚的人生可以说是个转折点，也就是从此时开始，坚定了他毕生干环保的决心。

这个公司比较小，雇员不多，大都一人身兼数职。设计是那几个人，跑工地的是那几个人，与客户打交道仍然是这几个人，这样做的好处是：方方面面都接触到了，对整个公司的运行有了全面的了解，对自己是个锻炼，王坚工作干得有滋有味。这个公司搞废水处理，有个总工程师是清华退休的老教授，专门做厌氧废水处理，在国内是权威，他手把手地教王坚做工艺设计。

因为这个公司背靠大树，打的是清华的牌子，非常响亮，到下面做工程时很受尊重。刚开始工作没有经验，碰上问题，王坚赶紧把手机掏出来给家里打电话，现学现卖。后来发现教授做实验做研究有一套，但对工程并不内行。实际问题还得向工地上的工程师请教，人家有实践经验，这样见人就问，知识长进很大。工地是锻炼人的地方，脱离实际根本搞不了工程。这是王坚的体会。王坚觉得这个公司与自己的专业对口，兴趣越来越大。

王坚在太湖流域做了个工程。那是一家酒精厂，用木薯干制工业酒精，污染很严重。国家对太湖的环保很重视，限期治理。这家酒精厂曾找过别的公司做过废水处理，但排水一直不能达标，就找到了清华大学这家公司。王坚帮工厂设计、安装、调试，经过几个流程，水出来已经很清了，完全合乎规定标准。王坚从头至尾参与了这个工程，因此也有成就感，把它看成自己的作品。

后来又到山东等地，做的都是污水处理，任务完成得不错，实践能力越来越强，但随着工作经历的增长，他感觉未知的东西越来越多，他很想提高自己的能力，这样出国留学的念头也就更为迫切。

二

王坚的托福与GRE都是在1998年考过的，当时GRE考试一年只有两次，与现在的机考区别很大，是笔试，需要提前报名，因为参考的人很多，报名成了老大难。报名地点设在北京外国语大学，头天晚上就得去排队。报名者的队伍在院子里转了好几圈，整整排了一个通宵，才把名报上，那是 1998 年的夏天。报名困难的原因是名额有限，因为考场的教室不够，容纳不了那么多考生。

王坚觉得，在国内读书的全过程中，学生做不到主动选择自己的人生道路。小学读完读初中，初中完了是高中，高考是人生大事，但在报志愿时，会考虑很多因素，比如是否热门，将来收入如何，或者干脆随大流，哪个专业报的人多就报哪一个，就是没有考虑自己的兴趣，说句实在话，这些学生也没有什么兴趣可言。

在工作的头两年里，王坚遇到了人生中最困难的一段时间，无论是身体的还是心灵的。任何人都希望自己人生顺利，希望上帝赐予自己一条坦平笔直的金光大道，一帆风顺，心想事成。但这种现象在现实生活中太少了，人们遇到更多的是坎坷与挫折。那段时间的漂泊不定，主要原因是没有一个明确的方向，找不准自己的位置，游移不决，东一头西一头乱闯乱撞，凭着感觉走。他在上海的住总集团、北京的销售公司、体育广告公司、电脑公司工作是无奈的、盲目的、被动的，甚至是违背自己意愿的，因为他面临着生存的压力。在最后一个工作岗位，也就是清华大学的环保公司，他终于找到了某种感觉，与自己的专业对了路，自己的能力终于有了用武之地，有了成就感，享受到了成功的喜悦，虽然成绩并不是太大。从那时起，他觉得方向逐渐明确，有了工作的乐趣，有了自信心，并把环保事业作为自己一生的目标。这种摸索，完全是用自己身体去感受，用自己的大脑去思考，而并非什么高人点化。这些经验来之不易，因而也十分珍贵。

来到美国的中国留学生一般年龄比较小，有的是本科毕业直接过来的，也有的在国内大学读完了硕士，大多数没有参加工作的经历，在选择人生方面显得非常盲目，正像王坚刚参加工作那两年一样。看来，每个人都需要在社会上历练一段时间，这个课是非补不可的。王坚觉得，来这里的留学生想法不多，大多是随着潮流走，自己的人生仿佛是操纵在别人的手里，毕业后到底做什么，所学专业是不是自己的兴趣，与市场对不对路，都没有仔细想，或者根本没有去想，也有的想过，但迟迟下不了决心，怕丢掉一些东西，缺少魄力，不能迅速而果断地做出调整，王坚用自己的切身体会，和自己的师弟师妹聊天，说出自己的见解。

现在国内很多人，特别是一些学生的家长，以为学位越高越荣耀，在社会竞争中越占有有利地位。家长们都希望在美国留学的孩子读最高的学位，读完博士再读博士后（把博士后也误认为是个学位）。其实这是一种误区，在美国，学位高低取决于工作需要，看个人的想法。比如，你想当教授，就必须读博士学位，还要做好几年博士后；但如果做实际工作，博士就不是必须，有时还会起到反作用，因为学位越高，专业性越强，前面的道路越窄，可选择的机会越少。这些国内少有的高才生，并没有经过自己慎重的选择，人家给什么专业就读什么专业，按部就班，无思无欲地读下去，等到4年，或者5年，也许更长时间毕业后，才感到时间白白浪费了，到时候后悔也晚了。

到美国的中国留学生大多来自国内名校，这些学生考上名校主要靠的是聪明和刻苦，但聪明不仅表现在考多少分上，更重要的是表现在大事的决策上，这才是大聪明，其他只能算是小聪明。把自己的未来设计好，具体来说就是找一个热爱的工作，让自己的家庭幸福美满。

王坚来到美国的阿克伦大学，读的是环境工程系，从事有机污染物降解的研究，并拿到了硕士学位。在读硕士的时间里，他感到最大的收获是适应了美国的环境、语言及与周围人的交往方式。但在拿到学位证书的那一刻，他并未感到充实，觉得在国内不懂的问题仍然没有解决多少，与自己的预期目标还有一段不小的距离，他决定继续求学，但他对这个方向并不是太感兴趣，想换一个专业就读。

三

王坚有一次到辛辛那提市参加一次环保局的培训，他碰上了辛辛那提大学的一位教授，两人长谈了一次。教授说自己的研究方向是处理污水，去除污水中的氮和磷。传统净化污水的理念是把污染物去掉，而很少考虑污水中的营养物质。去除营养物质是一个新的概念，氮磷这类营养物质随水排出，会引起水藻的滋生，把水中的氧耗掉，引起鱼类死亡，最终导致水发黑变臭。

王坚十分兴奋，因为他在清华环保公司的工作正好是这个方向，因此非常希望跟这位教授一起做研究。他把自己的想法告诉了教授，教授对这个年轻人也很感兴趣，他对中国清华大学的学生有所偏爱，因为他带过的学生中有一半都是清华大学的学生，他就是王坚现在的老板。

转入辛辛那提大学以后，王坚已经十分清醒。他能够审慎地考虑自己的人生，自己的未来，毕业以后究竟要做什么。他对自己做了一个分析，他的兴趣不是做教授，不愿意在实验室做实验，而是喜欢做工程，喜欢去工地。这个更实际一些，看得见、摸得着，学的知识也能用得上。

王坚喜欢思考，也喜欢聊天，他和一个中国留学生就能聊到一块儿，彼此感觉很投缘。那个同学有着与王坚同样的经历，毕业后曾在国内工作过一段时间，是一个很有见解的青年。他与王坚在辛辛那提大学应属同届，但年龄比王坚大5岁，应该说经多见广了，他读完硕士后就回国了。

王坚从读大学开始到现在，一直研究污水处理，对这个领域已经非常熟悉。他来美国已经5年，和美国人接触也比较多，美国人是他的好朋友。他的师兄有的在美国环保局工作，也有的在大学当老师。他相信自己在这个领域里可以大有作为。他2005年就能拿到博士学位，他已经在思考毕业以后的事情。

既然不想做教授，只有去公司工作，但美国做环保的公司分工非常细，一个人只能做一小块。作为中国人，与周围交流有困难，生活习惯也不大一样，在公司里很难得到提升，因此很少见到在美国公司里中国人能做到经理职位的，有的干了很多年还是个工程师。王坚在国内时已经做了项目经理，觉得在这里很难施展自己的才能。因此，一个想法在头脑中逐渐形成：回国发展，自己的天地还是在国内。

现在国内环保公司已经遇到了国外同行激烈的挑战，如果中国的环保公司不与外界接轨，很可能就会被淘汰。加入世界贸易组织以后，中国开放的脚步越来越快，这是不以人们意志为转移的客观事实，这让人想起飞机场的行李转盘。你上了这个"转盘"，想不跟着转都不行。因此必须按照世界通行的规则办事，必须对国外公司做深入的了解。如果游离于世界大家庭之外，肯定经不住市场的考验。

那个同学是在 2003 年夏天回国的，他应国内一家环保公司之邀当了老总，年薪很高。那个环保公司一直想找一个有国外经历的老总。然而做了几个月之后他发现，公司的运行并不理想，没有真正懂行的人，一切从零开始，几乎都是他一个人在那里支撑，他的上边还有领导，工作受到很大牵制，收入虽高，但心情很不愉快。在美国，经理人才非常难得，公司会想方设法留住，但中国体制不一样，尤其是国企。那个同学逐渐有了自己办公司的念头，他已经工作过好几年，有经验，还有很多社会关系，对自己有充分的信心。

这位同学在美国也有很多同学，他当然想充分利用这个资源，特别希望与现在仍在美国的同学共同做些事情，互相交流，把美国的管理技术引进去，把中国的产品打过来。

这件事干坚与他磋商了很长时间，王坚想最近回国一趟，到北京、上海、广州、重庆走一走，考察一下，趁年轻时回国创业。

王坚近期的打算是先留在美国，跟着老板做一段博士后。此事已经与老板商定下来，把博士后这段时间作为缓冲，先把国内的公司做起来再说。

他做出这个决定是很艰难的，爱人王枫已经在美国读完MBA，现在一家会计师事务所工作。她奋斗多年才逐渐适应了自己的工作，而且干得很出色。如今小两口儿已经买了一套不错的房子，豪华而且漂亮，车子也有了。这是留学生经过多年奋斗才能得到的。这些他能够轻易地舍弃吗？王坚不是一个莽撞的人，这个决定是经过深思熟虑的，但他又是一个非常果断的人，办事从不优柔寡断，言必信，行必果。

占领制高点

方莹，女，江西婺源人。1978 年出生，1995 年考入北京医科大学。2000 年到美国辛辛那提大学医学院攻读博士，曾任辛辛那提大学华人学生学者联谊会主席。

一

方莹出生在江西省婺源县一个国营垦殖场，那时父亲在垦殖场当农业技术员。方莹生在农村，却从来没有下过田，但她亲眼看见爷爷、奶奶怎么生活、怎么劳动。父亲那辈兄弟姐妹有 7 个，后来父亲出来工作，在婺源卫生局做副局长。

妈妈是城里人，当年随外公外婆下放，来到农村，妈妈念书不多。这事怨不得妈妈。外公外婆说，我们念了那么多年书，到头来还不是到农村干活！当时知识贬值，知识分子处境不好，对外公外婆刺激很大，不大主张妈妈念书。当时妈妈学习成绩特别好，见妈妈辍学，老师觉得可惜。

辍学的妈妈就去采茶，一个小孩子挣的工分顶一个大人。但没有读成书是妈妈的终生憾事，不过书都让两个孩子读了。方莹不用说了，妹妹读的是南京大学。妈妈与爸爸一直着力培养两个孩子，除了一般家长望子成龙的观念外，还有一种切肤之痛，一种还愿情结。

方莹非常怀念生她养她的家乡，婺源被称为中国最美丽的乡村。家乡的茶山池塘，清秀灵动，但她最爱的还是家乡的人。她在农村和城市都生活过，对农村与城市人的差别感受深刻，农村人非常朴实，能够对你掏心掏肺，但城市人就不一样了，觉得农

村人土、脏、穷，对农村人很看不起。

方莹从 1984 年开始上小学，直到高中，都在家乡婺源县读书，一直是第一名。班长、大队长、团支书，学生干部也是一路当过来。她就读的高中是省重点，升学率很高，她看到很多农村的孩子，吃穿条件很差，但是十分刻苦，学习成绩优异，考上大学的很多。

1995 年，方莹考入北京医科大学。5 年后，她拿到的是北京大学的毕业证书，这时北医已经与北大合并。在毕业典礼上，方莹非常荣幸地与北大校长握手留影，这是很高的荣誉，方莹被评为优秀毕业生，一个系一届只有一个或者两个，很难得。学习必须是前三名，还要看参加社会活动等综合素质。

医学院学制为 5 年。方莹一般都能拿到学校最高的奖学金。奖学金是一种很高的荣誉，是金钱无法衡量的，但对方莹说来，金钱同样重要。她家里的经济条件不好，奖学金正好够学费，给家里减轻了不少负担。为了照顾在县城里的孩子，方莹的妈妈放弃了垦殖场里的工作，调到县里一个供销社当会计。可是，工作很不稳定，单位不景气，一直动荡不定，承包、改制，企业变来变去。妈妈后来不到 40 岁就下岗了，待在家里，一个月只有 90 块钱补贴。再后来买断了工龄，给的钱也不多。方莹出国需要一笔不小的开销，大概得两三万块钱吧。当时家里刚买了房子，本来就借了不少钱，这时更是雪上加霜。出国留学的孩子中，有的家庭经济条件不错，不但不借钱，还从家里带来了不少美元。方莹到美国后除了维持自己的生活，还要往家里寄钱，后来妹妹大学毕业后参加工作，家里条件才开始好转。

方莹刚考进大学的时候，有点儿自卑，因为是小地方出来的，大学入学分数在同班同学中不算高，来到这所名校后才知高人多得是。她来自小县城，家里经济条件又差，穿着打扮无法讲究得起来，再加上留着一头短发，同学说她像个小男生。

但方莹心里憋了一股劲，自己一路都是沿着最优秀的轨迹走过来的，自然不甘心落后，哪怕是中游也无法接受。这种心态颇具代表性，在我国名校当中，如果打开学生的履历表，几乎个个都有闪光的记载，从小学开始，一路第一，有的考了第二名还要哭鼻子。班干部、三好学生、学科竞赛奖获得者、当地名人，一系列光环罩在头上。名牌大学是这些山南海北精英学子的聚集地，这些永远第一的孩子，来到名校，要重新排列组合，再分出个一二三，仍然区分出学习尖子、中等生，当然还有差生。然而让这些学生接受差生，哪怕是中游位置，恐怕心理这关也很难通过。但这是必然规律，是不得不接受的现实，任凭自己如何努力也无法改变，现实就是如此严峻。从巅峰位置一下子跌入低谷，从众人的焦点被抛到无人关注的角落。这里有学生的面子问题，还牵扯家长的面子，当然更重要的还是对自信心的挫伤，有的学生过不了这一关，郁闷、烦躁、睡不着觉、神经衰弱，或患上不同程度的心理疾病，甚至还有的因此而轻生，这些情况也时有所闻。

在名校之中仍然保持领先地位的学生当然是众多学子中的佼佼者、幸运者，方莹就是其中的一个。她善于学习人家的长处，看人家什么地方做得好，自己有什么不足，调整心态，努力学习，第一年就排名第二，以后每年都是排名第一，这个地位再也没有动摇。方莹觉得学习没有什么难度，只要用功，肯定能考得好。学医不像理工科，不要计算之类，但背的东西很多，她的记忆力很强，这是她的优势。大学不像高中，高中时老师对学生的管理是全天候的，不给学生自由支配的时间，但到了大学，这一切完全变了，时间全交给了学生，自己怎么安排，无人过问，全由自己支配。上自习完全凭自觉，教室离宿舍不算近，有的同学偷懒，不愿到教室上自习，待在宿舍，学习时间很难保证。

在努力学习的同时，方莹还热心做社会工作，比如组织活动、出黑板报。每年都作为学生代表上台发言，锻炼了口才，培养了敢于出头露面的勇气。当前，在一些大学生中，有一种不太好的风气，大事做不来，小事不愿做，还专好挑别人的毛病，总嫌别人干得不好，但让他自己去做，又会表现得十分不屑。方莹

不喜欢这种作风，与其抱怨，还不如自己出面去做，这叫身体力行。她在学生会做过干事、宣传部长，还当过班里的团支书，在老师和同学中很有威信，在校期间入了党。出国以后，她把党的关系转到父亲单位，但父亲单位一直没有收到，党费也就无处可交，现在连档案也不知道弄到哪里去了。

大四时，方莹感觉学习已经不像低年级那样紧张了，于是投入托福和 GRE 备考之中。其实，出国对于方莹来说是赶潮流。她的高中阶段是在县城里度过的，那里信息闭塞，哪里懂得出国这码事，到大学以后，看到别人忙着出国，而且有一部分人是"蓄谋已久"，从念大学第一天起就做好了出国的准备。她动手算是比较晚的。名校出国的很多，首选自然是美国，不光优秀大学多，而且给奖学金。

方莹的毕业成绩是年级第一，可以保送清华大学读博士，但这时她更想出国。不过出国有很大风险，假定出不去，那么原本可以得到的一切都将烟消云散。对于自己的实力，她有充分的自信，在同学中也有公论，有人说，你出不去谁还能出去？不过这种话不能全信，出国不是高考，有很大的不确定性，靠的不仅是一张考卷，不是学习好就有绝对的把握。出国有很大风险。不过关键的时候一定要把握住机会，因为机会不会很多，擦肩而过非常可惜，可能一生中再也没有第二次了。

GRE 考试是对人的能力的检验，也是对人的意志与耐受力的极限测试。在经过了不短时间的准备后，方莹就要参加考试了。头天晚上，她怎么也睡不着觉，觉得这次考试太重要了、太关键了，压力很大。她想，在考场上必须有充足的精力，才能发挥得好，因此必须睡好觉，可越是着急，越是睡不着，只是临天亮时迷糊了一个多小时。考场上自然打不起精神，只考了 2080，其中数学部分竟没有做完，实事求是地说，GRE 笔考得到这个分数已经不低，但方莹认为这次考试是自己的一个败笔。托福成绩很不错，640 分。

二

大学对人生来说是个很重要的阶段。5 年书读下来，优异的成绩使方莹十分自信。在大学期间，她一直认为自己的专业很重要，现在仍然认为一定要把博士拿到手。她在 2002 年回了一次国。在方莹的家乡，母校让她做了一次报告，打出的横幅写明的是留美博士方莹。方莹说只是博士候选人，刚通过资格考试，正在攻读博士，学位还没有拿到手，爸爸妈妈都希望她拿到博士学位。她知道，博士，尤其是留美博士在人们心中的分量。

但方莹现在觉得博士在她的心目中已经没有那么重要了，对人生未必有太大的好处，人的一生不能被许多条条框框所束缚，更不能为虚名所拖累。这是她来到美国最大的收获。在国内念书时，总是一级一级往上爬，一直爬到最高位置，可是来到美国 4 年中，方莹觉得学位并没有想象得那么重要，成功的人不一定有多高的学位，比尔·盖茨就连大学本科都没有读完。国外机会很多，成功的表现形式也很宽泛。社会就是一所大学，是真正意义上的大学。在大学时背过的那些药理方面的东西，过了一段时间已经忘得一干二净，更谈不上实际应用。现在想想当时实在没有必要下那么大功夫，当然大学那段时间也有很大收益，这就是培养了一种行之有效的学习方法、比如考试抓重点，还有自学能力，只要把学习方法、怎么学习掌握了，这个大学就没白念，就算合格大学生。具体的知识并不显得多么重要。

不过，方莹说自己当时还是蛮功利的，什么都想得第一。但笔者认为，这是一种自信、一种志气，当然必须有能力做后盾。给方莹一个明确的人生定位，就是人们常说的人生坐标。因此她不会因一时的挫折而灰心，不断进取，占领人生的制高点。

三

前一届的华人学生学者联谊会主席届满到任，他打电话问方莹对主席位置有没有考虑，为什么找到方莹？过去方莹经常往学生会网站上发 E－mail，提了不少意见和建议，热心学生会工作，引起了主席的注意。

后来方莹真的当上了主席。这是一个苦差事，本来完成学业已不容易，主席这份工作，占去了她很大一部分时间，但她感到很充实。经常在网上看到有人说留学生寂寞、孤单，但她从来没有这种感觉。

在学生会工作，大大拓展了方莹的视野，也扩大了她的交际面。她要和学校里的领导打交道。这样就可以了解美国人的风格、思维方式和办事原则。她觉得美国人办事很规范，而且能做到一视同仁。原来她只接触系里的人，现在能够接触不同层面的人。特别是搞活动的时候，需要拉赞助、租场地、请老师、请主持人、请演员，这样便结识了不少的外国人、中国人，其中很多成了交情很深的朋友。

笔者在与众多留学生交谈中得知，留学生的生活非常紧张，并非是经济原因，因为有足够的奖学金保证读书的开销，经济并不拮据，主要还是来自精神方面的压力。此外，学业与实验压力不小，在美国拿一个学位并不轻松。美国的导师叫老板，现在中国也这么称呼了，为什么叫老板，老板就是雇主，是给你发工资的人，也就是你的主宰，上课很重要，考试必须通过，但实验更重要，而且老板对此更为看重。因此留学生对实验都是兢兢业业，小心翼翼，唯恐出现闪失。这既是一种科学态度，同时也是一种责任。有时甚至很晚还要到实验室走一遭，实在放心不下。所以这些留学生对从事社会工作的同学，哪怕是志愿理发者，都表现出足够的尊重，是学生会给留学生来了方便，带来了欢乐，也带来一种归属感、依托感。毕竟是一级组织。但被问到为什么自己不参加社会工作的时候，他们表示，一是兴趣方面的问题，不大愿意做社会工作；但更重要的原因还是时间。大部分学生在有限的时间内已经不堪重负，再拿出时间做社会工作，恐怕力不从心。

因此，笔者十分尊重这些从事学生会工作的中国留学生。他们学习与实验的压力绝对不少于其他任何一个留学生，而且这个工作得不到任何实惠，更没有一分钱的报酬。看得出，这些留学生功利色彩并不浓。当然，他们有做社会工作的兴趣、热情，从工作中获得成就感，与此同时也锻炼了自己的才能。这些是其他同学感受不到的。

在方莹的任期，干得最大的一件事，是组织了一次抗议活动。

有一个美国房地产开发商，准备在市中心承建一个社区，公开声明不租给中国人，华人不许入内。

消息一出，立即引起辛辛那提华人的强烈愤慨。辛城华人组织发起了抗议活动，责令开发商公开道歉。

辛辛那提的华人组成了一个比较大的抗议团体，参加者有中美协会，有大学的学生会，有中文学校，还有华人基督教会等等。抗议引起了官方的重视，辛辛那提市政厅举行了一次听证会。副市长、议员参加了听证会。因为在美国的华人白天要上班，参加听证会的华人并不太多。方莹组织了很多学生到市政厅参加听证会，把整个会场都坐满了，显示了强大声势。听证会结束后，辛城的华人组织领导非常感激辛辛那提大学的中国留学生会，是学生会为辛辛那提的华人壮了声势。试想，本来是华人抗议，召开听证会的时候，到场的华人寥寥无几，声势不大，说服力肯定也会大打折扣。有华人律师当场对方莹表示，如果今后你们遇到什么法律问题，我们可以提供法律援助。

最后市政厅通过了一个提案，对承包商的行为表示遗憾，并对他所承包的工程做了限制。

据方莹的观察，一些在美国的中国人，只管自己的事，只要有工作干，有不算多的收入，也就满足了，与己无关的事很少过问。另外，华人能攒钱，让孩子上个好学校、学钢琴、打网球、跳芭蕾舞，对自己自我价值的实现反而不关心了。公益事业做得很少，赞助、捐赠不多，因此整个华人在社会上的影响力自然不会大。

但是也有一些在美华人，很关心祖国。方莹说她曾经想过自己将来有钱了，就成立一个助学基金会。她在学生会的工作期间，接触过一个由在美华人组建的海外华人助学基金会。这个组织已经具备相当规模，有一套系统透明的募捐、捐资助学办法。他们的工作人员全都是义务劳动，捐款百分之百用于基金会募捐活动和助学建校。通过他们，捐40美元就可以供一个中国学生上一年学。方莹现在每年捐助两位学生，还在学生会活动时搞过一次募捐活动，捐给海外华人助学基金会。

<h2 style="text-align:center">四</h2>

美国大学的医学院属于理学院，或者称为科学院，所以从名称上就可以看出医学院的目标是培养科学家。只要拿到博士学位就可以称为科学家。科学研究是崇高的，作为一种职业，对女孩子也是很好的选择。但在这条路上走下去并不轻松，竞争是很激烈的。在生物医学领域教授搞科研需要庞大资金做保证，要拉赞助，向国家申请，所以老板很辛苦，压力也很大。在这里做实验的学生也很辛苦，学业与实验的压力同样大，当然这里的奖学金比工学院高很多。

方莹觉得自己所做课题不太理想，她的研究方向是细胞信号传导。这是非常基础、非常微观的东西，而且看不到所研究的对象在医学领域的应用价值。现在发表的文章，十几年后再看，有没有价值都很难说，可能是垃圾。一个人如果想终生做科学研究，就要认真读书，踏踏实实地做实验，而且要耐得住清苦。但是，并非付出辛苦就会有收获，还有其他各种因素，更何况还有不可捉摸的机遇的存在。更深层次的反思让她看清了问题的关键，自己的爱动的个性与成天待在实验室并不十分相符，而且搞科研并不能充分发挥自己的特长。她在攻读博士学位的同时，开始留意与寻找别的机会。

现在，她似乎找到了答案。最近她有幸接触到美国金融服务业的业内人士，深深为此行业所吸引。美国的金融行业可以说是世界上最发达的。它的金融服务业也是最完善成熟的。中国加入世贸组织以后，在金融领域要与世界接轨，就必须向西方国家学习。国内在金融服务行业这个领域，可以说是接近于零。中国的庞大市场已成为诸多国际金融集团的目标，这对于美国金融服务业内的精通金融知识，具备丰富经验的华人来说，是一个千载难逢的机会。与西方人比，他们在中国有地利、人和。现代金融服务业的发展趋势是国际化、个性化、平民化、透明化，这些决定了金融服务业将有长足的发展；在中国则是从无到有，更有一番广阔天地。

她说另外一个让她钟情金融服务行业的原因是：在这行利用你的专业知识帮助一个家庭理财、增财、合理避税，效果是立竿见影的；不像做科研，不知道自己经年的研究成果何时能造福人类。现在，她正在利用业余时间学习与实践金融。在不久的将来，她会考虑全身心地投入。

方莹是在去年结的婚。老公也是个留学生，两人都是2000年来美国的。他已在另一个城市工作，干的是计算机工作。方莹很感谢她老公对她的支持，无论是在生活中、学业上，还是在社会活动中。他们都热爱运动，不过一个爱踢足球，一个着迷羽毛球。作为舞蹈爱好者，最近方莹又组建了一个新的学生组织——辛辛那提大学社交舞俱乐部。在这里，一大群舞迷们不出校门就能免费学习华尔兹、恰恰、探戈……方莹觉得在博士学习最后一年，还找上一个俱乐部主席来做，社会活动使自己忙了不少，不过还是很值得，在辛大能留下一个自己创建的社团，还是很有意义的，而且另外一个成就是老公从舞盲变成舞迷了。

方莹现在还留着"小男生"的发型，但现在这种发型在国内的女孩子中已经很流行，应该说，方莹是先驱。方莹活泼、潇洒，很有活力。无论从哪个角度来看，方莹都是一个优秀学生，或称为尖子生。她整个的求学过程中，一直处于这种位置，特别是大学期间，很多大学生说，在大学拿好成绩很难，光靠聪明是不够的，需要很大的自制力，刻苦努力，方莹能够在众多优秀人才中保持第一的地位实属难得，因而也更增加了她的自信，她相信自己的人生位置。方莹的发展又是多方面的，社会工作占去了她很大的精力，但她合理安排时间，在完成学业的同时，做了大量的社会工作，其实这与她在国内学校中做社会工作是一脉相承的。因而笔者感觉，在这批留学生中，她更显得成熟，更有见解，也更老练，这是社会工作对人的锻炼。现在她即将拿到博士学位，但做出了转行这种大胆的决定，出人意料吗？也不尽然，她是一个非常有主见的人，她的选择肯定是成功的。

学生会主席徐俭

徐俭，女，吉林长春人，生于 1978 年。1995 年考
入北京医科大学药理系，2000 年赴美辛辛那提大学医学
院攻读博士，现任辛辛那提大学华人学生学者联谊会
主席。

—

徐俭生在东北，长在东北，是个地道的北方人。可初次见
面，总觉得她更像个南方姑娘。身材纤细，说话轻声慢语，只是
口音是标准的普通话，南方人说不到这种程度。徐俭的父母都是
知识分子，她又是独生女，是幸福的一代。

小时候，徐俭的父亲在部队，是个军医，母亲随军。她跟随
姥姥、姥爷生活。5 岁的时候，姥姥带着她来到了父亲的部队所
在地内蒙古的赤峰。此后姥姥一直留在她的身边，十几岁时才离
开。后来爸爸转业到在地方当医生，母亲做会计。父亲从她念高
一的时候就开始劝说徐俭，让她女承父业，学医。她是个乖孩
子，听了家长的话，其实她更喜欢数学。

因为上学早，徐俭总比同班同学小两岁，所以总受欺负。有
一次开班会，身边有个小鼓，她一会儿就敲一下，把老师烦得要
死，她却不懂这叫讨厌，就是觉得好玩。

徐俭学龄前的记忆断断续续，不连贯，只是一个个独立画
面。小学时的回忆就是连续的了。因为父亲从军，调动频繁，她
转过好多学校，有吉林的洮南、内蒙的赤峰、河北的隆化，又回
到洮南，再转到长春。一般来说，这样频繁地转学，很影响学
习，但徐俭一直保持优良的成绩，十分难得。

能够出国到美国留学的学生，每一个都是一路优秀走过来的，这还不够，还要有上进心，拼搏奋斗，才会走到今天这一步。徐俭从上学那天起，就没让父母操过心，成绩非常好，从小学、初中到高中一直是学习尖子，参加过各种学科的竞赛，比如数学、英语竞赛，得过不少奖。由于竞赛的成绩，所以初中考高中时，这两科免试。小学五年级那年市里成立一个实验班，设在长春市90中，徐俭家里得到消息时，招生期限已经过了，妈妈就拿着她的数学竞赛奖状找到学校，校长非常高兴，二话没说，破例把她收下。现在这些奖状仍放在家里的一个小箱子里，妈妈一直为她精心保管着。

徐俭非常怀念高中那段时光，同学之间感情很深，毕业后还经常聚会。她觉得高中有些同学，不论在才能学业上，还是做人做事上，都很值得她敬佩。

高考时，她的英语成绩是全省的单科状元。但高考总体发挥不是特别理想，有些晕场，没有考取北京医科大学心仪的专业，而进了药理专业。

在北京医科大学读书期间，她做的社会工作不算多。当过一年围棋协会的会长，组织了一次联赛。因为当时正在准备考GRE，时间很紧。学生时期做些社会工作，对人锻炼很大。在申请出国时，她把这段经历写了进去。后来才发现，有些学生在这方面造假。比如班长这个职务，有某大学的几个学生申报同一所美国大学，人家惊奇地发现，一个班竟有六七个班长，不可思议，竟不知孰真孰假。

徐俭出国的念头由来已久，一进大学就有这种打算。她的打算是尽早出国深造，怕工作后有家有孩子，还得为"另一半"考虑，麻烦多多。大三时考的GRE，第一次考了2130分，第二次2260分；托福第一次630分，第二次650分，成绩都很不错。在本科阶段考GRE与托福，不光难度大，而且和正课有冲突，但徐俭把时间安排得很合理，从容地通过了。她所在的班共24个人，现在已经有15个人出国。在本科时出国的就有八九个。药理专业是医和药的桥梁，前半部分学医，后来学药学，最后学药理学。这个领域国内与国外研究水平差距很大，所以这类专业出国的学生特别多。大学五年级一开学就开始申请美国学校，第二年三四月份来了通知和 Offer，非常顺利。签证也是很痛快，一次就签过了。

二

徐俭在辛辛那提大学仍然读药理专业，主要是基础医学研究，她拿到博士学位后就是年轻的科学家了。她的实验室用老鼠做一些基础实验，研究方向是老年性心力衰竭机制，还有新生儿遗传性心脏病的机制。"非典"研究与此相似，只不过有的是研究病理，有的是研究药理，还有的是研究生理，大同小异，调换一个岗位，一两年就能适应，因为原理是一样的。

徐俭是在 2000 年 7 月份来到辛辛那提的。她和几个学生租了一套房子。这套房子有 5 间卧室，住着三个美国人，两个中国人。按性别来说，是两个女生三个男生。按照人种来说，是两个白人一个黑人，两个黄种人。这里简直就一个小联合国。两个白人是读本科的；中国人读博士；黑人是读一段时间，打一段零工，住在阁楼里，房租最便宜。

徐俭与美国人朝夕相处，英语长进很大，美国人很好玩，一有时间就领着她们去酒吧。但也有不舒服之处。这几个本科生年龄小，没有耐心，互相之间语言沟通有困难，听不太懂时，就不搭理你了。等一会儿无聊了又会主动找你玩，让徐俭觉得挺郁闷。半年时间内心情一直不太舒畅，主要是语言有障碍，生活方面问题不大，密切交流不容易，专业、学术领域能谈明白，但政治、民族、文化、文学就有难度了。心里明白，但英文表达不流畅，于是美国人就表现得很不屑，觉得你什么都不懂。这让徐俭很恼火，自信心很受挫，明明知道嘛，只是语言表达有问题。有时他们之间也争论问题，比如当时中美撞机事件发生，他们站在自己国家的立场，争得面红耳赤，在争论过程中，徐俭明显处于下风，不是没理，是没人家语速快，争不过人家，这样很容易给人留下理屈词穷的错觉。后来徐俭就不再与他们讨论这类大问题了。因为这不是三言两语能说明白的，谁也说不服谁，很难改变对方的观点。

美国学生的生活习惯与中国学生的差别很大，美国学生闲暇时候好到餐馆吃饭，或是泡酒吧。大家坐在一起聊，干聊，说笑话，聊新闻、体育。他们喜欢棒球、橄榄球，中国人感兴趣的不多，没共鸣，也不会跟踪这些消息。聊新闻还可以听懂，也能说到一块，但说笑话就有点儿麻烦，有些是宗教典故，有些是歌星轶事，还有肥皂剧。有许多话题徐俭都不知道。如果问她们，她们也会津津乐道，诲人不倦。徐俭从中也学了不少知识，但总的感觉不是平等交流，似乎是单方向的，对方有些居高临下。有一段时间，徐俭特别想回国，文化差距太大，她不知道这个城市中有多少中国人，占多大比例，但中国人的比例远远小于一些大城市，能够顺畅交流的人太少了。

不过这种环境对徐俭的英语能力帮助很大。在很短的时间里，说英文不用边想边说了，免去了中文整合过程。整合过程就是初学英语的三段式：与人对话时，先把人家的英语翻成汉语，并想好汉语回答，最后再把汉语译成英语，有这个翻来覆去的过程，自然语速就会很慢，让对方感到你反应迟钝，呆头呆脑，甚至对你的智商表示怀疑。克服了三段式以后，语言变得流畅多了。不过如果思路被突然打断，头脑中蹦出来的还是中文。这倒让笔者想起在国内时听到一个传说，有个人被击伤了头部，后来治愈，神智逐渐清醒，语言能力也恢复了，但这个人有一段时间只会说家乡土话，普通话一句也不会了。这件事听来可笑，实际很说明问题，应该说学习语言的最佳时期是在 7 岁以前，成年后学习语言困难大多了，即使交流没有问题，但总给人以不地道、不纯正之感。

徐俭的导师是个美国人，实验室中一半是美国人，还有德国、法国、意大利、加拿大、日本的等等，中国人只有 3 个。研究生也是如此，各国的都有，显得更多样化一些。工学院的欧美学生比较少，中国和印度的学生比例大。从中也可以看出当前美国各种行业就业及收入状况，欧美学生当然向收入比较高的行业流动。在医学院，硕士只能做技术员之类低等工作，要想有所发展，只能读博士。不像工学院，本科就可以找到很好的工作，硕士找工作也不难，博士反而不好找工作。中国留学生的家长们不了解美国的情况，总认为学位越高越好，最好一直读到无书可读为止。但对于工学院来说，如果想做教授，读博士有必要，但如果出来做工程，到公司，那么硕士足矣，完全没有必要读到博士。按徐俭的性格，并不太喜欢搞研究，她想到制药公司搞管理或市场，但不想离开自己的本行，一方面是已经学了这么多年，另一方面，还是喜欢药这个行业。如果真的搞研究，在美国比较理想，因为美国条件先进，研究风气也好，但想在研究领域做出成绩需要时间和精力的投入非常大，这样就没有时间照顾家了。这对于她来说是很痛苦的一件事，毕业搞事业的时候，正是自己该生孩子、照顾家的时候，因此要在二者之中做出一种选择。辛辛那提大学有一个教授研究出了小儿麻疹疫苗，是个很了不起的贡献。如果你在艾滋病、癌症、糖尿病等研究上有进展，将是对人类的大贡献，但从事科学非常艰辛，付出的精力太大，做出这种决定并不容易。

中国的留学生在美国一般生活上没有什么困难，特别是医学院，奖学金很高，每年能拿到两万美元，工学院相对较少，一般在12000到15000美元，计算机和电子系的这两年就不行了，有的原来是全额奖学金，第二年给不起了，与市场很有关系。

徐俭的老板不错，只有34岁，是那种争强好胜的人，在做博士后的时候发表过一篇特别好的文章，后来找工作来到辛辛那提儿童医院，2004年他发表了第100篇文章，这里学术风气很正，没有弄虚作假的，没有这种土壤。

徐俭觉得，和外国学生相处，很难做到亲密无间，但和亚洲人好一些。有个日本博士后不大爱说话，他老婆舍不得丢掉日本的医生工作，不愿到美国来，可是他想做完这个课题再回日本。在和老婆打电话的时候，老婆在那边哭，他在这边哭，很有情义，这点与中国人相似。

三

徐俭是现任的学生会主席，她很喜欢做社会工作。

徐俭所学专业是纯理论的，基础学科，投入产出比很低，耗费很大精力，持续投入才能做出很新的成果，是个功夫活。所以社会工作只能做一些临时性的，占时间较少的，比如接待新生之类。她不能下太大工夫，也没要求学生会给自己留一个固定位置。

读到第三年的时候，徐俭想法有了变化。根据自己的条件，她认为还是做人的工作更合适，并不太喜欢实验室工作。但原来与人打交道不多，就想通过学生会工作锻炼自己，有了回国的想法后，觉得更应该在各方面磨炼一下，就主动要求到学生会工作。

一开始在学生会里做系里的代表，开会凑凑热闹，提提建议。辛辛那提大学每年在中秋节都要举行一个大型晚会，几个节日凑在了一起，中秋节、国庆节，还有迎新生，这是传统。因为上一年举行的时装表演很受欢迎，所以这年也想继续搞下去，这是个压轴节目，需要组织者投入很大精力。这个烫山芋被推来推去，谁也不想接。当时学生会人手很少，只有主席、副主席、财务、秘书、办公室主任几个人。徐俭把这个任务接了下来，并投入了很大精力。结果演出非常成功，在辛辛那提大学引起了不小的震动。

中国留学生会的经费来源有这样几项：中国大使馆能拨1000元左右；其余的要在学校申请，花钱要列明细。学校要求在活动举办前一个月提出申请，去哪买、买什么、多少钱，列清明细，不许中途改变项目，不许串项，只能报销租场地、请人、雇老师的费用等。每笔支出学校都要严格审查。许多项目不在报销之列，比如食品、音乐器材、消费品等。学校最多能拨款 7000 元。但每年都报不满，因为限制太多，专款专用，这里开假发票、冒领是绝对禁止的。

时装表演的组织工作最后落到了徐俭头上。这是很耗费精力的事，因为要找模特，不是任何人都能当模特的，要找个高的，身材好的，相貌不错的，还要找服装，然后排练。演出很成功，影响很好。今年在改选学生会的时候，徐俭报了主席，参加竞选，结果如愿当选。

现任学生会的成员大多是组织时装表演的老班底，都是一些热心肠、有朝气的人。她借鉴国内学生会的经验，增加了一个副主席，对学生会的机构进行了改组，分几大部，体育部 1 个人，生活部 3 个人，文艺部 4 个人，网络部 3 个人，力争高效务实。

徐俭担任主席后，学生会工作开展得非常活跃，搞了一系列活动。

今年的 6 月 12 日，他们与辛辛那提收养中国孤儿协会联合举办了一个龙舟节，纪念端午节。出席这个节日的有近百个美国家庭和 30 多个中国留学生志愿者。

这个活动是在一个中学举行的。他们按中国的地域分为北部、中部、南部，每个部分有地域特色的中国食品、中国游戏、中国书法。北部的食品是饺子，游戏是跳大绳、跳小绳、跳皮筋；中部食品是粽子，游戏是踢毽子；南部食品是汤圆，游戏是唱歌。具体形式是：食品是有两个人在那里实地操作，包饺子，包粽子，做汤圆；大绳是有两个人在那里摇绳，教给小孩怎么玩，还有的在写汉字，家长领着孩子在其中游玩，仿佛在逛超市，又像中国的庙会，喜欢什么就玩什么。活动举办得很成功，中国儿童在娱乐之中，切身体验了中国的民族文化，孩子的家长自然高兴，中国留学生也觉得为中美文化交流做了一件十分有益的事情。

美国人领养中国孤儿是 20 世纪 90 年代后期的事情。美国人之所以领养中国孤儿，原因是美国的孤儿不容易收养到，而且存在一系列法律问题。而中国在领养孤儿方面规章制度比较严格，操作也很规范，收养费较低，办理领养手续的时间较短，所以领养中国孤儿的不少。收养中国孤儿的一般是美国中产阶级的白人家庭，他们对收养的孩子非常好，像对待自己亲生子女一样，其中有的非常喜欢中国文化，在收养了中国孩子以后，希望孩子与中国人多接触，让孩子更多地接触中国文化。

龙舟节期间学生会发起了一个"大哥哥大姐姐活动"，让有兴趣的学生和领养孤儿的美国家庭建立联系。比如什么时候请中国学生去美国家里做客，一起包饺子，带小孩子玩，还有的美国家庭希望中国学生教孩子汉语，他们付钱。参加活动的学生可以给孩子带一些有英文字幕的中国电影，中英文对照的书，等等。这个联系将是长期的。参加者多是工学院的学生，因为工学院里美国人比较少，需要提高口语能力，这样就给他们提供了接触美国人的机会，因此热情很高。这个活动由学生会的办公室主任主管，让学生报名，美国家庭也报名，需要找什么样的学生，再由学生会帮助联系。现在已经配上了十几对。

徐俭在入学时参加了一个国际学生组织的活动，和一个工学院的教授家庭建立了联系。整整4年了，现在已结下了深厚友谊。这个老人是个非常有名的教授，他和夫人经常给他们打来电话或发 E-mail，邀请留学生到他家吃饭，去博物馆参观，或者听音乐会。徐俭也邀请他们来参加中国学生的活动。这个教授一共有五个外国留学生朋友，三个是印度人，一个是泰国人，还有徐俭，两个印度人已经毕业了，其余三个人还在和他保持着联系。徐俭从这个国际学生组织的活动中得到很大启发，与美国领养中国孤儿协会联合组织的活动，包括征集志愿者的申请表，都是借鉴这个国际学生组织的。

学生会组织的第二项活动是组织大雾山旅行，他们曾对学生进行过民意调查，最感兴趣的活动就是旅行，但去年一直没有成行。今年这项活动的组织者是生活部长，他是毒理系的学生。这次旅行由生活部长全权负责，做出计划，让网络部发帖子，有兴趣者回电话或通过 E－mail 报名，然后定人员、地点、玩什么、租车都由他一手承办。大雾山在田纳西州，开车要四五个小时，参加者共 5 个女生、9 个男生，徐俭也参加了。

2004 年接新生工作做得不错，美国教会也参与了，帮了不少忙。从 8 月中旬开始，学生会设专人值班，保证每天都有学生会工作人员看望新生，这样让新生感觉有了依靠，得到了组织的关怀。学生会的值班人员帮助新生解决困难，与美国通讯公司联系，给新生领取 30 分钟的免费电话卡，让新生给家里报喜报平安；和一个叫华欣的中国超市联系，希望他们捐部分免费套餐，老板捐了 40 套套餐，价值 200 美元左右；赠给每位新生一个购物优惠卡，买东西可以打 9 折；还组织同学搞一次野餐。一家新开张的中国餐馆，就餐者不多，但菜做得不错，学生会把价格砍了下来，原来 5.99 美元，讲到 4.75 美元。徐俭对老板说，这 80 个学生就是你的活广告，将来就餐的人多了你的生意就兴隆了。

今年 11 月份准备再搞一项大型活动，命名为"中华之夜晚会"。徐俭的老公今年 6 月从国内来看她的时候，带来了一些中国的民族服装。其中有藏、傣、白等少数民族的，一共 20 套；有衣服、帽子、鞋子，准备在晚会上一鸣惊人。这些工作都是他们自发的，没人要求他们去做什么，但做起来乐在其中，每完成一件工作，很有成就感。只是时间有限，社会工作占的时间太多，对学习很有影响。

徐俭是留学生中明确表示将来回国发展的一位。为什么要回国？住宿舍时，徐俭和美国人住一起，觉得交流有障碍，只有在和中国人接触时，她的能力才能充分施展。徐俭性格比较豪爽，美国人很客气，很礼貌，但是难深交。这使她感觉很不适应，得到美国人承认不容易。美国社会强调一个人的全面发展，这是正确的，但具体到某一个中国人，其实已经做得不错了，学术很棒，活动能力也很强，但他们还会说你是书呆子，以一成不变的眼光看待中国人，有偏见。

还有一个原因，如果留在美国，就会看到自己 30 年后的状况。比如做完博士后，发几篇好文章，然后做教授；或进公司，做几年博士后，走管理的路。但觉得回国后，不确定因素更多一些，挑战性更强一些，发展的空间自然也就大一些。

我回国后，一直惦念辛辛那提的朋友。在辛辛那提大学的网站，我看到了中华之夜晚会的盛大场面。诚如徐俭所说，她给同学们带来了一份惊喜，带来了节日的喜庆。演出相当成功。但最令我心动的还是浓郁的民族特色，中国的民族服装、中国的民乐演奏、中国的结婚习俗，表现得淋漓尽致。我曾写过一篇文章，其中有这样一句话，其实过民族节日不过是一种形式，顽强地显示一个民族的存在才是真正的内涵。

我想把这句话送给远在美国的徐俭和她的同学们。